Michael Becker
Osramkopp trifft Elefant

Für Frau
Knöfler
ein schönes
langes Leben,

Ihr Michael

Lieberose, 11.12.2010

Michael Becker

Osramkopp trifft Elefant,

ein Lieberoser Hasenfuß und
so was kommt von so was

mit Illustrationen von Ines Arnemann

Gewidmet den Lieberoser Juden.

Osramkopp trifft Elefant

„Kunipatz, du hast ja'n Kopp wie Osram, mach'ma ganz schnell de Hände in de Taschen und tu feifen" soll der Busfahrer Fellenberg einst zu einem offensichtlich reichlich angetrunkenen Fahrgast gesagt haben, als der in seinen Omnibus gestiegen war und anfing, seine Sitznachbarin zu befummeln. Dieser Bus pendelte damals zwischen der Kreisstadt Beeskow an der Spree und Lieberose in der Niederlausitz. Jener Busfahrer Fellenberg, der mich gut kannte, war, wie ich, ein Lieberoser. Er sah mich vier Jahre lang morgens und mittags in seinem Bus. Ich war nämlich in den siebziger Jahren des vorigen Jahrhunderts ein Oberschüler an der Erweiterten Oberschule in Beeskow und strebte das Abitur und den Facharbeiterbrief als Rinderzüchter an. Während dieser vier Jahre an der EOS waren wir regelmäßig in Berlin, um uns Theaterstücke am Berliner Ensemble, der berühmten Brecht-Bühne, anzusehen. So an die zehn Inszenierungen sahen wir dort. Angefeuert durch meine Deutschlehrerin Inge Gesche, reifte in mir damals der Wunsch, Schauspieler zu werden. Unvergesslich bleiben mir so epochale Aufführungen wie „Mutter Courage und ihre Kinder" oder „Der kaukasische Kreidekreis". Der Regisseur dieser beiden Stücke war übrigens ein gewisser Peter Kupke. Aber das war für mich damals von keiner erwähnungswürdigen Bedeutung.

Zurück zu Busfahrer Fellenberg und dem Osramkopp. Bestimmt würde jener Busfahrer Fellenberg auch zu mir sagen „Michael, du hast ja'n Kopp wie Osram", würde er heute noch leben und wäre er ein Zuschauer in unserer Sommertheater-Freiluftinszenierung „Der Hauptmann von Köpenick" in Cottbus. Die Inszenierung ist an Endjuniabenden bis in den Juli des Jahres 2009 hinein auf dem Gelände der Von-Alvensleben-Kaserne zu sehen. Wenn es nicht regnet. Das Spektakel von Zuckmayer spielt sich auf mehreren Bühnen ab, die rummelplatzartig in den Hof dieser alten Kaserne gebaut wurden. Dazwischen flanieren Zille-Figuren, die von Statisten mit aufgeklebten falschen Nasen und martialischen Perücken trefflich dargestellt werden. Dazu kommt eine Tierschau mit Ziegen, zwei weißen Pferden und einer ebenfalls weißen Puthenne, die sich totstellen kann. Überall laufen Schauspieler von einem Spielort zum anderen mitten durch die Zuschauer. Obendrein ist eine Blaskapelle zu bewundern, die absichtlich schräg, dann aber wieder sehr genau Altberliner Gassenhauer und klassische Militärmärsche schmettert. Soldaten mit preußisch blauen Uniformen und blankgeputzten Pickelhauben marschieren mit aufgepflanzten Bajonetten über das Kasernenpflaster. Man könnte meinen, sich im Berlin der wilhelminischen Zeit zu befinden. Ich sehe Heinrich Manns Diederich Heßling dem Kaiser in seiner Kutsche hinterherlaufen und untertänigst „Hurra Hurra Hurra" blökend salutieren, sich orgiastisch als seiner Majestät Untertan andienen. Einer der Schauspieler in dem Gewimmel bin ich. Mein Gesicht ist feuerrot geschminkt. Ein Kopp wie Osram. Ich spiele einen fliegenfangenden nach oben kriechenden und nach unten tretenden Wachtmeister, der den Wilhelm Voigt durch die Kaffeemühle dreht. Zum Schluss der abendlichen Aufführung gebe ich einen Stadtrat mit wenig Text. Aber die Rolle hat einen großen Vorteil. Stadtrat Rauch tritt mal nüchtern und mal stockhagelbesoffen auf. Das ist ein Leckerbissen für einen Schauspieler, wenn er ein Komödiant ist. Im Mittelteil spiele ich den Schwager von Wilhelm Voigt. Ich bin Friedrich Hoprecht. Ein Glücksfall für einen Mimen. In drei knappen Szenen kann ich Freude und Glückseligkeit in der Erwartung von Anerkennung und tiefes Getroffensein über die Verwehrung derselben zeigen. Aufstieg und Fall. Hoffnung und Enttäuschung. Alle drei Rollen, wie schon erwähnt, mit'm Kopp wie Osram. Aber ich bin nicht allein mit meinem Schicksal. Meine Kollegen teilen es mit mir. Einer ist orange geschminkt, ein anderer lila oder gelb, meine Frau, Marie, kommt karottenfarben daher. Die Plörösenmieze ist bläulich geschminkt. Ein Einfall des Regieteams lässt uns so aussehen. Das ist eben so mit solchen Einfällen. Das ist so am Theater. Und der, welcher dabei das letzte Wort hat, der also den Hut aufhat bei all dem, der Chef, der Bestimmer, das ist der Regisseur. Das ist genau der, dem die Schauspieler die Schuld in die Schuhe schieben, wenn das Stück nicht ankommt. Das ist aber auch der, der gern übergangen wird, wenn das Stück doch ankommt. Dann haben die Schauspieler den Abend gerettet. Das ist so. Und im Falle, den ich hier verhandle, bei unserem „Hauptmann von Köpenick" in Cottbus, heißt der Bestimmer Peter Kupke, genau der, der damals am „BE" diese großartigen Inszenierungen gemacht hatte. Da geht ein kräftiger, untersetzter Mann über den Schauplatz. Den Oberkörper leicht nach vorn gebeugt, schreitet er souverän von Tatort zu Tatort, wie der Chefinspektor einer Mordkommission oder ein Generalfeldmarschall bei der Truppeninspektion. Sein Gesicht verrät nichts. Der Mann ist hochkonzentriert. Seine Augen hinter der braunen Hornbrille erinnern an die Augen eines Reptils. Sie sehen alles, nichts entgeht ihnen. Dieser Mann spricht unangestrengt über Sachverhalte und Probenbeobachtungen. Er ist sachlich. Ein Seismograph. Seine Stimme hat er im Griff. Er handelt ökonomisch. Zuweilen wendet er schauspielerische Techniken an. Plötzlich wird sein Ton scharf, man erschrickt. Er hebt die Stimme, wird für einen Augenblick sehr laut. Dann bricht er den Gestus und fährt in dozierendem oder plauderndem Ton fort. Ein Profi. Man macht ihm nichts vor. Mätzchen kann man sich bei ihm sparen. Er reagiert nur auf Ernstzunehmendes. Gelegentlich lacht er. Aber selbst in Momenten des Gelöstseins hat er die Lage im Griff. Er nimmt Stellung zu dem, was er hört und sieht. Man muss bei ihm immer damit rechnen, dass Verursachtes ernst genommen wird. Er verhandelt Angebote, kritisiert. Er lobt selten, wie alle guten Lehrer. Er ist unerbittlich. Von ihm geht Gefahr aus, wenn man ihm mit Faxen kommt. Er lässt nichts durchgehen. Das Reptil kann zuschnappen. Ein Theaterarbeiter ist er, ein ganz großer Elefant. Wenn er beiläufig von Begegnungen mit Theaterikonen des vorigen Jahrhunderts erzählt, kommt der Komödiant in ihm durch. Er weiß, wie er servieren muss, wenn er davon erzählt, Piscator am Kudamm im Morgenrock begegnet zu sein. Er unterspielt, um es groß zu machen, sagen wir Profis. Kupkes Curt-Bois-Geschichte vom „Wie spiele ich einen sternhagelbesoffen Mann?" hat mich beflügelt, den Stadtrat Rauch im letzten Bild so zu geben, wie ich ihn gebe. Die großartige Helene Weigel hatte diesen Peter Kupke einst an das Berliner Ensemble geholt. Dort arbeitete er mit den Besten der Theaterzunft, ob mit von Appen, Schall, Mac Grund, Hosalla, Jutta Hoffmann, Doris Thalmer, Felicitas Ritsch, Erika Pelikowsky,

Hermann Hiesgen, Victor Deiß, Carmen Maja Antoni. Die Aufzählung dieser großartigen Theaterarbeiter könnte ich weiter fortsetzen. Eben telefonierten wir miteinander. Peter Kupke machte Kritik an der letzten Probe. Auch wollte er, ich solle ihm nachsehen, dass er mich siezte bei der letzten Besprechung. Er hatte mir, nachdem er in meiner „Danton"-Vorstellung gewesen war, beim Bier das Du angeboten. Ich sehe ihm das nach. Ich habe ohnehin ein Problem, zu einem Elefanten Du zu sagen, aber ich fühle mich geehrt. Ich will nur Eines. Ich möchte aus den alleregoistischsten Gründen, dass Peter Kupke noch lange lebt und ich in den Genuss komme, ihn in einer weiteren Zusammenarbeit erleben zu dürfen.
Danke, Peter, danke für die intensive, reiche Zeit.
Der Osramkopp Becker, Dein Hoprecht, verneigt sich vor Dir,
Du Elefant.

Nachsatz
Bei Brecht liest man über den Elefanten:
Er vereine List mit Stärke.
Wo er war, führe eine breite Spur.
Er sei gutmütig und verstehe Spaß.
Er könne ebenso ein guter Freund sein wie ein guter Feind.
Er höre mit seinen großen Ohren nur, was ihm passt.
Er werde sehr alt. Überall sei er sowohl beliebt als auch gefürchtet.
Er habe eine dicke Haut, darin zerbrächen Messer;
aber sein Gemüt sei zart.
Er könne traurig werden.
Er könne zornig werden.
Er könne gut arbeiten.
Er tue etwas
für die Kunst:
Er liefere
Elfenbein.

Der Rauch aus dem kleinen Haus am See
für Käthe Reichel

Wir haben den 3. März 2001. Kammerbühne des Staatstheaters Cottbus. Der Saal ist bis auf den letzten Platz gefüllt. Käthe Reichel gibt das Brechtstück „Die Johanna der Schlachthöfe". Auf der Bühne ein Stehpult aus Holz. Die Reichel tritt auf. Eine kleine, kompakte Person mit einer schwarzen Kappe auf dem Kopf. Ein kleiner Haarknoten. Blitzwache Augen, schmale Lippen. Sie beginnt. Sie spricht unangestrengt. Ihr Duktus pickt sich in das Publikum. Satz für Satz Vernunft. Sie komprimiert den Text auf den Extrakt. Alles ist dem Zweck untergeordnet. Großes Theater. Ein Sack Erfahrung, ein Sack Weisheit, ein Sack politische Absicht. Brecht würde genüsslich an seiner Zigarre saugen. Ganz sicher würde er das. Ein Wunder geschieht da am 3. März 2001: Der fünfundsiebzigste Geburtstag der großen Käthe Reichel, im Cottbuser Staatstheater. Plötzlich unterbricht sie den Vortrag. Ein Fotograf hatte an seiner Kamera manipuliert und ein kleines Geräusch verursacht. Leise, freundlich, fast beiläufig, haucht die Reichel einen Satz in das Auditorium: „Kinderchen, so kann ich doch nicht arbeiten." Stille. Bis zum Ende des Theaterabends Konzentration, Hochspannung, eine außerordentlich explosive Stimmung. Dann die Entladung. Tobender Applaus. Blumen. Die Reichel unterbricht. Sie geht ab. Ich verlese einen Text von ihr. Dieser wendet sich gegen den Krieg in Tschetschenien. Er berichtet von russischen Müttern, die nach Tschetschenien gegangen waren, ihre Söhne aus dem Krieg herauszuziehen. Dieser Text von der Reichel zeugt davon, dass es geht, dass es möglich ist, sich einzumischen, sich dagegen zu stemmen. Nicht wie die Courage, die Verräterin an ihren Kindern, immer auf ihren eigenen Schnitt bedacht im Geschäftlichen, zeigt die Reichel eine humane Haltung. Sie kämpft gegen den Krieg. Sie kämpft mit ihrer Johanna, mit ihrem Brecht, gegen den Krieg, in Cottbus, am 3. März 2001. Sie nutzt ihren Geburtstag schamlos aus. Sie nutzt aus, dass viele Leute gekommen waren, sie zu ehren. Und so haben die Leute ihren Nutzen, in dem sie die Reichel ehren. Wie bei den Teppichwebern von Kujan Bulak, die Lenin ehrten, in dem sie sich nützten und statt des Denkmals Petroleum kauften, die fieberbringenden Malariamücken zu vernichten. Der Abend hat Sinn. Ein großes Fest. Ein großer Genuss. Bei der anschließenden improvisierten Geburtstagsfeier traten überraschend Jutta Wachowiak, Thomas Langhoff und Dieter Mann vom Deutschen Theater Berlin auf, um ihrer Kollegin zu gratulieren. Kurz vor zwölf. Immerhin. Auch dankte Käthe Reichel mir für meinen Beitrag. Es kam zu einem Gespräch und freundlichem Händedruck. Ich begegnete einer kleinen Frau mit schwarzer Kappe. Ich begegnete Käthe Reichel, der Brecht einmal in dem Gedicht vom kleinen Haus am See und dem Rauch bescheinigte, dass sie ihm fehlen würde, wenn sie nicht da wäre. Schön, dass sie da ist, diese Käthe Reichel. Wirklich, es ist gut, dass sie da ist. Aber vor allem, vor allem aber ist es nötig, dass sie da ist. An der Wand in meinem kleinen Haus in Lieberose hängt keine Holzmaske eines bösen Dämons mit Stirnfalten, andeutend, wie anstrengend es ist, böse zu sein, sondern ein Foto in rundem Goldrahmen aus Holz. Darauf reicht mir eine kleine Frau mit schwarzer Kappe und weißem Krägelchen ihre Hand. Sie schaut freundlich zu mir herauf, der ich doch fast zwei Köpfe größer bin als sie. Und ich, lächle ein wenig verlegen auf sie herab und packe mit beiden Händen ihre kleine Hand. Man sieht, dass es mir wie Peter Voigt gegangen sein muss. Der sagte einmal über seine erste Begegnung mit Brecht: „Stellen sie sich vor, nein, das können sie sich nicht vorstellen, ein großer langhaariger Mensch mit weitem Gewand steht vor ihnen und sagt ganz einfach, gestatten, Jesus von Nazareth." Dieser Peter Voigt war ein Mitarbeiter Brechts. Ich begegnete ihm in der Fernsehdokumentation „Die Kunst zu leben." In diesem Versuch, das Leben und Wirken, die ganze Bedeutung des großen Brechts zu beschreiben, sah und hörte ich neben Weckwerth, den Küchenmeisters, den Brechttöchtern Hanne Hiob und Barbara Schall, der großen Brechtmitarbeiterin Elisabeth Hauptmann, der Schauspielerin Regine Lutz, der Kortnertochter Marianne Brün, meine Käthe Reichel wieder mit ihrer schwarzen Kappe, wie ein kleiner Soldat aus dem Spanienkrieg. Busch trug auch so eine Kappe. Busch war im Spanienkrieg, wie Ruth Berlau, von der die Reichel diesbezüglich mit größter Bewunderung sprach. Nachdem die Interbrigaden gegen die Francofaschisten, die von deutschen Nazis

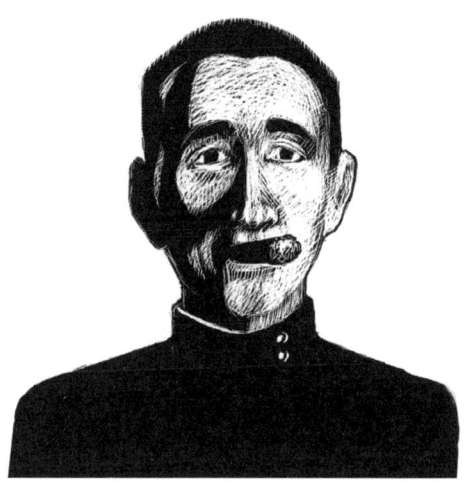

unterstützt worden waren, verloren hatten, saß Busch in den Pyrenäen im Gefangenenlager fest. Gustaf Gründgens, der in Berlin saß und einigen Einfluss bei den Nazis hatte, setzte sich für den Kommunisten Ernst Busch ein. Busch kam fei. Kurz vor zwölf. Nach dem Krieg saß Gründgens wegen genau dieses, seines Einflusses im sowjetischen Lager in Jamlitz ein. Buschs Bemühungen bei den Sowjets wiederum bewirkten, dass Gründgens frei kam. Auch kurz vor zwölf. Da hatten Zwei, die weltanschaulich nicht verschiedener hätten sein können, sich füreinander eingesetzt, sich eingemischt, sich gegen Bestehendes gestemmt. Das Ergebnis war zweimal lebensrettend. Immer kurz vor zwölf. Das sowjetische Lager befand sich übrigens an genau dem Ort, an welchem davor tausend Juden von den Nazis ermordet worden waren. Unter dem Namen LIRO ging das Nebenlager des KZs Sachsenhausen, mein Heimatort Lieberose, so beschämend in die Geschichte ein. Sowohl von der Ermordung jüdischer Menschen als auch vom Bestehen des sowjetischen Lagers künden heute Gedenktafeln auf diesem verfluchten Boden, der meine Heimat ist. Ihnen entnahm ich auch die Geschichte von Busch und Gründgens. Aber zurück zu der Reichel mit ihrer schwarzen Kappe. Zurück zu dem kleinen Soldaten, der da unermüdlich kämpft. Hin zu der Johanna der Schlachthöfe, der Jeanne d'Arc in sinnentleerter Zeit auf verlorenem Posten? In der Fernsehdokumentation, die der Person Brecht ungenügend gerecht wird, kämpft die Reichel wieder. Sie steht zu ihrem Brecht. Sie verteidigt ihn. Sie verteidigt sich. Auf die dümmliche Frage, ob Brecht ein Menschenausbeuter gewesen sei, bleibt mir ihr irrsinniges Lachen in Erinnerung.

Dieses irrsinnige Lachen sagt mehr als ihre Antwort danach. Es geißelt die Absurdität der Unterstellung. Die Reichel kontert mit Brechtscher Dialektik. Sie sagt, dass sie Brecht ihr ganzes Leben lang bis heute ausgebeutet habe. Sie habe ihn ausgenutzt wie nur irgend möglich. Und so, sich nützend, ehrte sie Brecht. Marianne Brün sagt in dem Fernsehbericht über Brecht: „Das Bild, was heute von ihm gemacht wird, hat so gar nichts, so gar nichts zu tun mit Brecht." Neulich sah ich einen Film. Er hieß „Brechts letzter Sommer." Ein peinlicher Film. Den Namen des Machers möchte ich nicht erwähnen. Begegnet bin ich aber auch hier Leuten meiner Zunft, vor denen ich den Hut ziehe. Mit Achtung und Würde skizzierte Monika Bleibtreu die wunderbare Helene Weigel. Und begegnet bin ich auch hier wieder meiner Käthe Reichel, aber natürlich nicht ihr selbst, sie wurde von einer schönen jungen Schauspielerin artig gespielt. Ich danke Gott, an den ich nicht glaube, dass ich der echten Käthe Reichel begegnet bin. Sie steht, wir leben wieder mal in finsteren Zeiten, auf verlorenem Posten? Nein! „Es wechseln die Zeiten. Die riesigen Plänen der Mächtigen kommen am Ende zum Halt." Käthe Reichel steht auf keinem verlorenen Posten. Sie würde fehlen, wie der Rauch aus dem kleinen Haus am See, wenn er nicht mehr aufstiege. Und wie sie fehlen würde!

Nachsatz.
Der gern totgesagte Brecht ist nach Shakespeare der meist gespielte Dramatiker, weltweit. Er ist und bleibt eine gefürchtete, scharfe Granate, wie Käthe Reichel, seine Schülerin.

Käthe Reichel, Berlin

Cottbus, 1. September 2009

*Liebe, wirklich sehr verehrte Käthe Reichel,
heute bekam ich Besuch. Er brachte ein Geschenk mit. Er legte mir das Buch „Raubzug Ost" auf den Tisch. Wir diskutierten an die acht Stunden, fast bis zur Erschöpfung. Wir saßen in meinem Garten. Wir vergaßen die Zeit. Ich las ihm meine neuesten Geschichten vor, die vom Rauch auch. Vor Jahren waren wir zusammen in Buckow. Wir erlebten Brechts „Elegien" mit Musik und Gesang. Ich war endlich wieder in Brechts Nähe, in Ihrer Nähe, Käthe Reichel. Ich bin so gern dort. Ich kenne Sie. Vor tausend Jahren saß ich einmal im Deutschen Theater. Ich sah „Juno und der Pfau". Die Reichel trat auf. Sie huschte in den Bühnenraum. Eine Granate, leise, zirpend. Das Auditorium raste. Ich war bezaubert. Ich sehe „Die Verlobte". Ein großartiger Film. Grandios die Wachowiak. Ach, eigentlich alle. Die Reichel eine Sensation. Die Böse wird zur Heldin. Ich lese Ihre zwei Briefe an die Unperson Breuel in dem Geschenk meines Besuches. Da musste ich mich hersetzten und Ihnen schreiben. Meine kleine Geschichte vom Rauch – geschenkt. Alles für Sie. Ihre Haltung in Bleicherode, Sie in Gänze, eine Granate, eine stille, treffsichere, scharfe Granate. Bleiben Sie möglichst lange auf dem Damm, auf Ihrem Posten. Wenige stören so, wie Sie ihn stören, diesen verdammten kapitalistischen Wahnsinn. Ich möchte so gerne Ihnen ähnlich sein. Ich möchte, so wie Sie, alt werden und so herrlich gefährlich bleiben für die Großkopferten. Ersticken sollen sie am Geld. Gott, an den ich immer noch nicht glauben kann, mache, dass ich ähnlich nützlich bin, und vor allem bleibe, wie Sie es die ganze Zeit waren und sind. Verdammt noch mal, ich liebe Sie für Ihre Wut, Ihre Weisheit, Ihre Kunst, als Revolutionärin. Ich drücke Ihre Hand wie einmal schon in Cottbus, das meint, ich drücke alles an Ihnen, Sie Granate, Sie. Ihr Mitsoldat, ein Schauspieler, seinem Gewissen und dem klügsten Lehrer, den er sich selbst gewählt hat, Brecht, verpflichtet.
„Die beste Art, sich zu wehren, ist, sich nicht anzugleichen."
- Mark Aurel.
Sehr freundliche Grüße, Ihr M. B.*

Fred Wander, Wien

Cottbus, 20. Februar 2006

*Lieber Fred Wander,
vielen herzlichen Dank für Ihre Antwort auf meine Bitte um Unterstützung wegen Maxie Wanders „Guten Morgen, du Schöne" in Cottbus.*

*Als Sie mit der wunderbaren Maxie Wander bei uns lebten und arbeiteten, schickte ich mich an, Theaterarbeiter zu werden.
Als junger Schauspieler ging ich an die Theater meines Lebens und wurde ein Teil dieser Welt.
Wo auch immer ich in meinem Land Theater erlebte, es wütete „Guten Morgen, du Schöne" auf den Brettern - von Zittau bis Rostock - Sie waren dabei.
Als Maxie Wander starb, waren wir traurig, als wäre uns eine Liebe gestorben.
Ich erinnere mich an die Nachrichten und Bilder aus dem Krankenhaus und an die endgültige Nachricht von ihrem Tod.
Maxie Wander nie begegnet, kannte ich sie, ihr Gesicht, ihr Haar, ihre Augen. Sie war mir eine liebe Verwandte. Sie nahm uns ernst und setzte sich für uns ein, und sie war doch nur eine von draußen ... Nun sind fast 30 Jahre danach weg wie nichts.
Der für mich zuständige brandenburgische Innenminister Jörg Schönbohm strauchelte fast über die Verurteilung der DDR-Frauen, als er vor den Wahlen in deren Biographien die Ursachen für das Fehlverhalten der Mutter sah, die in Brieskow-Finkenheerd ihre frisch geborenen Kinder vergrub. Schönbohm meinte, dass die Frauen in der DDR so verproletarisiert worden waren, dass kommen musste, was da kam.
Ich bin so wütend geworden, dass ein Mann von draußen so über unser Leben, unsere Frauen urteilte, dass ich Maxie Wander brauchte, ihre Tonbandaufzeichnungen. „Guten Morgen, du Schöne" stand parat, ich las Maxie Wanders Vorwort, die Gedanken von Christa Wolf, immer wieder die Protokolle und los gings.
Im Theater prüfte man und zeigte Interesse, hatte aber keine Zeit für das Projekt.*

So habe ich Frauen gesucht und gefunden, die mit mir seit Wochen lesen und prüfen und wieder lesen. Wir wollen damit in die Öffentlichkeit.
Wir wollen in Frauenhäuser, die Cottbuser „Lila Villa", in Kirchen und Betriebe, überall dorthin, wo ich mit meiner „Hallo Nazi"-Inszenierung auch hingegangen bin und noch hingehen werde - raus aus dem Theater, hin zu den Frauen, zu den Menschen, mit denen wir nach dem Lesen ins Gespräch kommen wollen über die Fragen - woher wir kommen - wo wir stehen - wo wir hinwollen.
Alle Beteiligten arbeiten ohne Gage, auch die zwei Musikerinnen, die ich gewinnen konnte. Wir werden in keinem Theater auftreten.
Wir sind alle, Maxie Wander gedenkend, ihr verpflichtet und der Wahrhaftigkeit ihrer „Schönen". Es werden nur Zitate aus Maxie Wanders Vorbemerkung und die Protokolle selbst benutzt. Kommerzielle Absichten sind gänzlich ausgeschlossen.
Ich hoffe sehr, Sie geben grünes Licht, lieber Fred Wander.
Für Sie selbst viel Kraft zum Kämpfen und zum Lieben, einen guten Schlaf und Gesundheit, also Glück,

Ihr Michael Becker

Grüßen Sie Maxie Wander, wenn Sie mit ihr sprechen von einem Verwandten.

PS. Bei Zustandekommen des Projektes werde ich Sie selbstverständlich über das Fortkommen mit unserer Absicht auf dem Laufenden halten.

Mein Lieblingsonkel, die Treue, ein Bumerang und die Lamsfelder Störche

In der letzten Schulwoche vor den Sommerferien 2009 war ich zum wiederholten Male in der „Ludwig-Leichhardt-Schule" in Goyatz am Schwielochsee zu einer Begegnung mit Schülern eingeladen. Ein Lieberoser Lehrer fragte mich vor Jahren, ob ich nicht Geschichten von meiner Kindheit vorlesen wolle aus meinen Büchern. Er war an diese Integrationsschule nach Goyatz versetzt worden. Ich machte mich auf den Weg. Früh um sieben fuhr ich von Lieberose los, um vor der Lesung noch Zeit zu haben in Goyatz. Um acht Uhr sollte die erste Begegnung mit 14-jährigen Schülern einer achten Klasse stattfinden. Als ich Lamsfeld am Großen Mochowsee durchfuhr, vorbei an dem Storchennest, das wieder mit Jungstörchen besetzt war, freute ich mich wie ein Zaunkönig. Direkt am Straßenrand steht ein Holzmast mit diesem Storchennest. Das Nest kenne ich schon aus der Zeit, als ich 14 Jahre alt war. Meine Eltern und ich fuhren seinerzeit mehrmals zum Schneider Bahro nach Lamsfeld. Herr Bahro wollte maßnehmen. Mein Vater sollte seine Manchesterhose, die er dann so liebte, und die er trug, bis sie ihm vom Leib fallen wollte, genäht bekommen. Schneider Bahro wohnte in dem

Haus in Lamsfeld, das an der scharfen Rechtskurve gelegen ist, direkt gegenüber von diesem Mast mit dem Storchennest. Beinahe ein halbes Jahrhundert halten die Störche dem Nest, das sich mitten im Dorf, an der viel befahrenen Straße, auf einem für sie aufgestellten Holzmast befindet, die Treue. Die spiegelglatte Chaussee, die von Lamsfeld nach Goyatz führt, ist von wundervoll duftenden, blühenden Akazienbäumen gesäumt. Diese Akazienbäume sind eigentlich gar keine Akazienbäume, sondern Robinienbäume. Aber bei uns heißen sie Akazienbäume und das bleibt auch so. Vorbei an dem an der linken Straßenseite malerisch gelegenen kleinen Mochowsee bin ich schon nach wenigen Minuten Autofahrt in Goyatz. Ich biege nach rechts ab. Eine ziemlich protzige Villa in amerikanischem Bungalowstil, das Wohnhaus des Dachdeckermeisters Lothar Waske. Mein Vater arbeitete seit der Rückkehr aus sowjetischer Kriegsgefangenschaft bis zu seinem Sturz vom Dach und der darauffolgenden Invalidität in der Dachdeckerfirma Waske als Dachdekker. Allerdings beim Vater des heutigen Chefs, bei Heinz Waske. Vielleicht fünfhundert Meter hinter der Villa steht direkt am Ufer des Schwielochsees die schmucke Gaststätte „Hafenterrasse". In jenem Gebäude arbeitete mein Vater einstmals mit verschiedenen Kollegen zusammen, eine Zeit lang sogar mit seinem Vater, meinem Großvater Rudolf Becker. In den Wintermonaten, wenn das Dachdecken draußen nicht möglich war, klopften sie Steine. Sie reinigten alte, noch gut brauchbare Biberschwänze, um damit später wieder Brandenburger Dächer bedecken zu können. Das Gebäude war damals also noch ein reines Arbeitshaus. Seit einigen Jahren lese ich in der Gaststätte meine Geschichten vor. Einmal im Jahr, immer am 2. Advent, lese ich aus meinen Erinnerungen. Ich sitze am knisternden Kamin. Ein riesiger Adventskranz hängt von der Decke herab, wie es sich gehört, aus duftenden Tannenzweigen gebunden, rote Bänder drum geschlungen. Im Raum ist es gemütlich warm, Kerzen brennen auf den Tischen. Es riecht nach Stolle und Kaffee, nach Tanne und Kerzenwachs. Freundlich gestimmte Menschen lauschen meinem Vortrag. Mal sind es bis aus Berlin angereiste Zuhörer, die als Sommergäste auf dem Schwielochsee segelten und mit ihren Booten den Urlaub dort verbrachten. Sie kommen einmal im Winter hierher in ihre „Hafenterrasse", um mir zuzuhören. Mal sind es wieder Leute aus Cottbus, einmal sogar welche aus Eisenhüttenstadt. Sie hätten im Urlaub so schöne Zeit gehabt an diesem Ort und im Internet erfahren, dass eine Lesung stattfindet und so wollten sie es nicht versäumen, auch im Winter einmal hier her zu kommen. Dann sind da wieder viele alte Bekannte, sogar eine Verwandte. Da sitzt meine Lieblingstante Editha, die Frau meines leider schon verstorbenen Lieblingsonkels Heinz. Bei ihnen habe ich als Kind unvergesslich erlebnisreiche Ferientage gehabt. Da sitzt immer diese schöne schwarzhaarige Frau mit den strahlenden, braunen Augen, da sind Leute aus Mochow, die mich als Kind erlebten. Da sitzt aber auch Lilo Waske, die Witwe des ehemaligen Chefs der Dachdeckerfirma. So zieht es am zweiten Advent diese Menschlein in eine warme Stube zu Kaffee und Stolle und zu meinen Geschichten. Sie halten ihrem See, ihrer „Hafenterrasse" und mir mit meinen Geschichten die Treue, wie die Störche ihrem Lamsfelder Storchennest auf dem Holzmast. Mein Blick schweift während meiner Lesung gelegentlich durch die Fensterscheiben raus zu dem zugefrorenen See hin. Diesen Anblick hatten auch mein Vater und mein Großvater, wenn sie im Winter hier arbeiteten, denke ich und ich betrachte die alten Holzbalken, die den Raum so urig wirken lassen. Diese kannten Vater und Großvater auch. Das alles stelle ich mir vor und ich freue mich, wie beim Anblick der Lamsfelder Störche. Ich bin jetzt angekommen. Das Auto parke ich auf dem kleinen Parkplatz, der sich zwischen dem Goyatzer Friedhof und der „Leichhardt-Schule" befindet. Mein erster Gang führt mich auch diesmal wieder an das Grab meines Lieblingsonkels. Das ist genau der Onkel, der mich in Mochow am Großen Mochowsee damals zu sich auf sein Pferd hob. Ich saß vor ihm, auf dem für mich damals riesigen, Pferd mit dem er Sieger beim Stollenreiten geworden war. Er hatte den Siegerkranz aus Eichenlaub um den Hals gehängt. Ich saß vor ihm auf dem Pferd und wir ritten stolz an den jubelnden Mochowern vorbei. Das hatte ich noch nicht erlebt. Das war eine Sensation für mich. Das war der gleiche Onkel Heinz, der mich auf sein neues Motorrad zu sich herauf hob und mit mir eine Ehrenrunde auf dem Lieberoser Krankenhaushof machte. Ich saß auf dem Tank seines Motorrades vor ihm und wir fuhren immer um das Pumpenhäuschen herum. Ich muss damals vielleicht vier oder fünf Jahre alt gewesen sein. Ich war auf alle Fälle sehr glücklich und ich liebte meinen Onkel. Das war der gleiche Onkel Heinz, der bei der Doppelhochzeit meiner Cousinen in Sacrow „Küsst euch" gerufen hatte. Ich tanzte damals als Brautjungfernführer mit meiner Tischdame und wollte vor Scham im Boden versinken. Sie war doch zehn Jahre älter als ich und noch dazu eine Stewardess, aus Berlin. Und ich, ich steckte mitten in meiner Pubertät. Dieser Onkel war zu sehr vielen Menschen so ungewöhnlich freundlich. Ich erinnere mich, wenn ich an ihn denke, mit großer herzlicher Freude und Wärme. Er half, wo er nur konnte, er schenkte, wo er nur konnte. Es passierte, dass er plötzlich in Lieberose vor der Tür stand und ein selbst geschossenes halbes Reh oder Forellen, Plötzen, Barsche, manchmal sogar ein Stück selbst erlegtes Wildschwein brachte. Er gab es ab und verschwand. Er hatte so eine Art. Er hasste langen Sums. Oftmals kam ich, Jahre später, manchmal nach Lieberose auf mein Grundstück, und er war gerade dabei, in meinem Garten Gras zu mähen. Er wusste, dass mir der Garten über den Kopf wuchs. Er musste also seinen mitgebrachten Rasenmäher über den verschlossenen Zaun gehoben haben. Er mähte das Gras, sammelte das reichlich angefallene Fallobst ein für seine Wildschweine im Wald und fuhr wieder. Wenn ich ihm etwas anbieten wollte zum Dank, lehnte er ab. Er verschwand einfach. Er war gutmütig im wahrsten Sinne des Wortes. So, wie er mir immer die Treue hielt, hielt ich sie auch ihm. Ich kann nicht vergessen, wie Tante Editha und ich ihn in Kolkwitz auf der Krebsstation besuchten. Er machte auch um seine Krankheit keinen Sums. Er ertrug sie mit Haltung. Ich sehe uns noch zu dem kleinen Kiosk laufen, wo er mich zum Schnaps überredete. Wir gossen uns einen hinter die Binde. Er lächelte. Ganz zuletzt lag er in seinem Goyatzer Haus, das er sich mit seiner Frau geschaffen hatte. Er schaute mich mit traurigen Augen an, ein Häufchen Unglück. Ich saß auf der Bettkante. Wir richteten ihn zum Sitzen auf. Er hatte Durst.

Ich streichelte seinen Rücken. Selten war ich so zärtlich zu einem Menschen wie in diesem Augenblick. Es passierte einfach. Ich wusste, als ich ging, dass das der Abschied für immer war. Wir Zwei sind noch heute fest miteinander verwandt, im schönsten Sinne des Wortes verwandt. „Das Leben ist ein Bumerang: Man bekommt immer zurück, was man gibt" sagt Dale Carnegie. Wir sind uns treu geblieben wie die Störche ihrem Nest in Lamsfeld. Da stehe ich gerade noch an dem Grab meines Lieblingsonkels Heinz Grabitz und schon befinde ich mich, nur zweihundert Meter von hier entfernt, im Klassenzimmer einer 8. Klasse. Ich stehe vor den 14-jährigen Menschlein, die noch nichts ahnen können vom Leben und vom Sterben. Vielleicht doch? Ich stehe da und ich lese ihnen als erstes eine Geschichte von meinem Urgroßvater vor. Ich bin in Gedanken noch bei meinem Onkel, der nur zweihundert Meter von hier entfernt in seinem Grab liegt und schläft. Mein Blick ist noch einmal durch die Scheiben des Klassenzimmers auf jene Stelle gerichtet. Dann sehe ich in die Augen der vielen kleinen Menschlein. Ich fange an.

Mein Russentick – Lea Rosh – und die Juden

Ja, ich bin selig. Wir schreiben den 19. Juli 2009 und ich bin selig. Ich liege auf meinem Diwan. Draußen regnet es. Noch duftet es nach den verschiedensten Köstlichkeiten, die es gestern gab. Ich bin aber auch so was von selig. Warum bin ich selig? Meine erste Urlaubswoche ist rum. Das Wetter ist wieder mal wie Siebenschläfer. Es regnet, dann geht Wind, es wird kalt, dann wieder heiß und dann regnet es wieder, einfach furchtbar. So ist Sommer nicht. Aber, ich bin ja selig. Warum? Weil gestern meine Russen da waren, verdammich. Weiß der Schinder, was das in mir macht. Aber, wenn meine Russen da waren, bin ich selig. Ich weiß gar nicht ganz genau, ob alles Russen waren. Also, Ukrainer gab es und Juden und Steffi und Peter I und Peter II, das sind hauptberuflich Deutsche, aber irgendwie auch nicht, denn sie sind etwas jüdisch, etwas anders und teilweise mit Russen oder so was verheiratet. Egal, egal, ich bin selig. Gestern war ich aufgeregt und gespannt auf die Mischpoke. Den ganzen Tag habe ich geköchelt, dekoriert, den Grill aufgestellt, Blumen platziert, Getränke gekühlt, gewirtschaftet wie eine Hafennutte, ich wurde immer wacher. Je näher das Ereignis kam, umso freudiger war mir ums Herz. Mir fiel noch das ein, ich machte noch jenes, alles sollte, nein, musste schön sein für meine Russen. Warum? Weil ich auf Russen stehe. Um sechs waren sie da, beladen mit allem, was man sich nur vorstellen kann. Der Grill dampfte schon. Ich hatte mir mein Russenkäppi aufgesetzt, mit rotem Stern, Hammer und Sichel, die Erinnerung an den letzten sowjetischen Soldaten auf meinem Hof. Das brauchte ich. Das Fest ging los. Ein Geholper in russischdeutsch und in deutschrussisch, ukrainisch, deutsch und zurück. Es wurde gespachtelt, getrunken und fotografiert. Es wurde gesungen und alle sagten sich schöne Worte. Es war ein Melonenzerschneiden und Komplimenteschmeißen. Es wurde geweint und gelacht. Es wurde übertrieben und es wurde nicht übertrieben. Es war einfach so, dass ich noch heute selig bin, wenn ich nachklingen lasse, was da am gestrigen Abend in meinem kleinen Lieberoser Haus über die Bühne ging. Das hat mich belebt. Ich kann wirklich gar nicht genau

sagen, was es ist, was mir so an den Russen gefällt. Ich weiß nur, dass mein Herz immer hüpft, wenn ich mit diesen blöden Russen zusammen bin. Das war so, als ich in der Nähe von Leningrad Schweineställe mauerte als Student. Das war so, als ich von meinem Moskauer Freund über den Arbat geführt wurde und dadurch den Besuch bei Lenin in seinem Mausoleum verpasste. Dies brachte mir damals eine Parteistrafe ein. Normalno. Normalno. Ich stand, beladen mit meiner Korsinka voller Obst und einer echten alten russischen Ikone, die ich dann in die DDR einschmuggeln musste, auf dem Bahnsteig in Leningrad. Wir lagen uns vor der Abfahrt des Zuges in den Armen. Alles weinte. Alles küsste sich. Ich heulte noch bis Brest, wo wir wieder auf Schmalspur umgesetzt wurden. Das war so in Moskau, in Tallinn, Suchumi und in Lieberose, wenn ich mit Reguljowtschiks am Straßenrand von Oma geschmierte Stullen aß und Abzeichen erbettelte. „Kamerad, Abzeich, Abzeich." Das war mein erster russischer Satz. Diese Russen haben mich erwischt. Sie sind das Objekt meiner Begierde. Sie sind nirgends auf der Welt sicher vor mir. Ich habe nie herzlichere, gastfreundlichere, freigiebigere Menschen erlebt in meinem Leben als die Russen.
Weiß der Teufel! Ein Russe sagte einmal zu mir: „Mischka, du bist kein Deutscher, du bist eindeutig Russe." Ich fühlte mich geadelt. Ist das nicht verrückt? Und ähnlich geht es mir mit den Juden. Weiß der Golem, warum. Auch das noch. Ende der sechziger Jahre des vorigen Jahrhunderts war ich doch tatsächlich bei Heinz Schenk, dem Vorsitzenden der jüdischen Gemeinde von Ostberlin, vorstellig. Herr Schenk ist 1971 gestorben und auf dem Jüdischen Friedhof in Weißensee begraben. Ich wollte Jude werden. Heinz Schenk lächelte damals mitfühlend. Er zeigte mir den Friedensstempel in der Rykestraße. Wir gingen durch die Ruine der ehemaligen Synagoge in der Oranienburger Straße. Hier befand sich sein Büro, das Büro der jüdischen Gemeinde. Er sprach sehr freundlich mit mir über vieles, über mein Leben, über sein Leben. Aber er brachte mir schließlich schonend bei, dass ich, was auch immer ich

fühlte, ein Goi bliebe, also sowas, wie ein Jude für Arme. Nie würde ich ein echter Jude sein, weil ich keinen jüdischen Vater hätte. Das machte mich damals traurig. Es dämpfte mein Verlangen. So bin ich weiterhin was ich war, ein Judenfreund, lebenslänglich. Warum? Ich weiß es nicht. Natürlich spielt eine Rolle, dass wir als Jugendweihlinge in Sachsenhausen und Buchenwald waren und erfahren mussten, nein, erfahren durften, das ist ja heute keine Selbstverständlichkeit mehr, was Deutsche mit Juden gemacht hatten. Aber es ist da noch etwas anderes. Ich kann es trotz gründlichster Überlegung nicht schlüssig erklären. Ich bin Einer, der sich wie ein Jude fühlt. Alles, was ich sehe und höre in den Medien, auf der Straße, wenn es Juden oder eben auch Russen betrifft, wenn Witze gemacht werden über sie, oder sie in irgend einer anderen Weise beleidigt werden, betrifft es mich persönlich. Ich nehme immer Anteil. Es fällt mir schwer, beispielsweise, die Bombardierung des Gazastreifens durch die Israelis einzuordnen. Aber es gelingt mir nur ganz schwer, etwas zu denken, gegen die Juden und gegen die Russen. Sie haben meine fast uneingeschränkte, sagen wir, Freundschaft. Wer in meine Wohnung kommt, wundert sich vielleicht. Begrüßt wird er mit Schalom auf dem Spiegel im Flur, meine Chanukkaleuchter, Bilder, Bücher, Schallplatten, CDs, alles jüdisch oder russisch. Tja, so bin ich. So denke und so fühle ich. Normalno. Normalno? Vor Jahren machte Lea Rosh ein Projekt in Cottbus. Es ging um Sebastian Haffner, den Rechtsradikalismus und den überall latent und offen auftretenden Antisemitismus in Deutschland. Ein Kollege aus alter Zeit, Günther Jeschonek, hatte mich an Lea Rosh vermittelt. Wir arbeiteten zusammen, als wären wir ewig miteinander bekannt. Ein Foto ist mir geblieben, das ich sehr mag. Es zeigt Lea Rosh, Schroth, meinen damaligen Intendanten und mich im Disput. Diese Lea Rosh hat mich immer interessiert, wenn ich ihrer Arbeit im Fernsehen begegnete. Eine ernstzunehmende Persönlichkeit, die aus dem Tingeltangel der Medienlandschaft sehr angenehm herausragt. Ich verehre sie vor allem, weil sie als Nichtjüdin, ich finde es schrecklich, dass ich so formuliere, aber ich kann nicht anders, um deutlich zu machen, dass diese Lea Rosh, als Nichtjüdin, so für die Juden eintritt. Das hat mir immer imponiert. Entgegen allen berechtigten und vor allem unberechtigten Stimmen schmeißt sich diese Frau ohne Rücksicht auf ihr Image für die Juden ins Zeug. Lea Rosh hat nicht nur meine Hochachtung, ich fühle mich ihr verwandt. Ich möchte ihr Freund sein, als ein Freund der Juden. Neulich hörte und sah ich mir „Ein ganz gewöhnlicher Jude" mit Ben Becker an. Da fiel der Satz: „Betroffen sein über den Holocoust mit dem Betroffenheitsgesicht der Lea Rosh." Ich finde, dass es scheißegal ist, wie Lea Rosh guckt. Diese Frau ist, was die Juden angeht, mehr wert als eine kleine Fabrik. Sie ist eine Gerechte unter den Völkern. Was, frage ich mich, soll man denn für ein Gesicht machen, angesichts der Ermordung von mehr als sechs Millionen Juden? Was für ein Gesicht denn soll man machen, angesichts von Auschwitz, Sobibor, Treblinka, Buchenwald, Sachsenhausen und angesichts dessen, dass in meinem Geburtsort Lieberose, genauer gesagt in dem Lager, das nach meinem Geburtsort benannt ist, im Lager LIRO in Jamlitz über tausend jüdische Menschen erschossen wurden. Was für ein Gesicht soll man denn dazu machen, verdammt noch mal. Mein Gott. Nein. Ich liebe meine Russen. Ich liebe meine Juden, ich liebe Lea Rosh und ich liebe mein Leben. Basta und Schalom. Im Sommer vor zwei Jahren waren Gabi, seine Frau und Herr Kotzan, ein pensionierter Lehrer, bei dem die beiden wohnten, zu Besuch in meinem Garten. Wir aßen Kuchen und Obst und tranken Kaffee. Der Kaffee hatte Gabi so gut geschmeckt, dass er sich geradezu hingerissen über ihn äußerte, er sei der beste Kaffee gewesen, den er je getrunken hätte. Na ja. Vielleicht fühlte er aber auch nur so etwas, wie ich es fühlte. Ich war so glücklich und dankbar, dass wir in meiner grünen, himmlischen Hölle saßen und lebten. Gabi war als 14jähriger Junge schon mal in Lieberose und nicht allein. Er kam zusammen mit seinem Vater her. Eigentlich sollten sie in Auschwitz vergast werden. Aber daraus wurde nichts, das machten sie nur mit Gabis Mutter. Gabis Schwester wurde in Bergen-Belsen umgebracht. Am 5. Juni 1944 kamen der Rechtsanwalt Otto Rodan und sein Sohn Gabriel mit dem ersten Transport ungarischer Juden in Jamlitz an. Sie bauten in Ullersdorf Transportkästen für Sand. Der Vater hatte die Häftlingsnummer 81655 und Gabriel, sein Sohn, hat die Nummer 81654. Im Lager LIRO wurden Arbeitskräfte gebraucht. Sie wurden hergeschleppt zur Errichtung eines gewaltigen Truppenübungsplatzes, eines kriegswichtigen militärischen Objekts der Kurmark. So hatten Gabi und sein Vater Glück, dass sie nach Jamlitz kamen. Dort befand sich das größte Lager Deutschlands, in dem wieder Juden eingesperrt waren, zu einer Zeit, als Deutschland eigentlich „judenfrei" war. Mit Zügen wurden vorwiegend ungarische Juden aus Auschwitz hierher deportiert. Es waren aber auch Menschen aus der Sowjetunion, Frankreich, Belgien, den Niederlanden, Griechenland, Norwegen, Dänemark, Italien, der Tschechoslowakei, Polen und Österreich inhaftiert. Insgesamt waren es über 10.000 Menschen, mehr als 10.000 Menschen. Teils starben sie an Entkräftung, über 1.000 wurden erschossen, verscharrt, andere starben bei der Evakuierung des Lagers auf dem Todesmarsch nach Sachsenhausen und einige von ihnen wurden wieder nach Auschwitz zurück gebracht, um dort vergast zu werden. Die Überreste von ungefähr 700 Leichen werden immer noch gesucht. Grabungen fanden in diesem Jahr auf dem Gelände des ehemaligen Lagers statt. Gabi, der kleine ungarische Jude, und sein Vater hatten all das überlebt und gelangten über Umwege schließlich nach Israel. Gabi besuchte in diesem Jahr die Stelle bei Staakow, an der 577 vorwiegend ungarische Juden ermordet und verscharrt worden waren und nahm an der Weihung zum Jüdischen Friedhof teil. Vielleicht ist es mir vergönnt, mit ihm und seiner Frau noch einmal zusammenzukommen. Gegen Ende meines diesjährigen Urlaubs fuhr ich nach Gera zu Marina. Ich wollte mit ihr unbedingt nach Buchenwald, in die Gedenkstätte des ehemaligen KZ's. So begaben wir uns schließlich an diesen Ort, an dem wir als 14-jährige Jugendweihlinge schon einmal gewesen waren. Damals waren wir genauso alt wie Gabi, als er ins Lager LIRO kam. Wir schritten durch das Tor – „JEDEM DAS SEINE" – betraten das ehemalige Krematorium, in dem Ernst Thälmann, der einstige Vorsitzende der KP Deutschlands, auf Befehl Himmlers liquidiert wurde. Wir waren in der sogenannten Desinfektion, im Lagermuseum, sahen einen Dokumentarfilm und besichtigten den Zellenbau. Bei großer Hitze stapften wir über die erbarmungslosen Schotterwege, durch den ehemaligen Barackenwald. Es waren nur noch Steine übrig, Millionen toter Steine. Wir gingen durch eine ehemalige Hölle. Wir sprachen wenig miteinander, fotografierten holländische Besucher mit ihrer Kamera, damit alle von ihnen zusammen auf dem Foto zu sehen sein würden. Dann fuhren wir zurück nach Gera. Die Autofahrt ging vorbei an hunderten Laternenmasten, an denen keine Häftlinge aufgehängt waren, wie es auch einst in Buchenwald üblich war. Die Häftlinge hingen seinerzeit, bis ihre Oberarme ausgekugelt waren. Man hatte ihnen die Arme auf dem Rücken zusammen gebunden und sie dann so an den zusammengebundenen Handgelenken nach oben gezogen, aufgehängt am Mast. Die Laternenmasten heute schmückten Wahlplakate der NPD – „AUSLÄNDER RAUS" – an manchen Strecken des Weimar-Kreises, unweit von Buchenwald, hingen hunderte solcher Plakate. Als ich auf der Rückfahrt nach Cottbus Freienhufen und Großräschen durchfuhr, hingen auch hier hunderte Wahlplakate an den Masten. Hier waren es Plakate der DVU. Mich schauderte. Ich wollte schnell nach Hause zu meiner Geschichte, zu Gabi, Lea Rosh, zu meinen Russen. Ich musste den Schluss meiner Geschichte ändern, ich wollte die letzten Eindrücke und einen ganz besonderen Fakt hinzufügen. Jetzt wusste ich, warum ich so fühlte, so dachte, so bin, wie ich bin, warum Gabi mein Kaffee so gut geschmeckt hatte. Ich hätte, meiner Veranlagung wegen, in Buchenwald, einen nach unten hin spitzen, rosa Winkel getragen, auf dem noch ein zweiter, ein wegen meiner Gesinnung roter, mit der Spitze nach oben, geheftet worden wäre. Diese zwei gleichseitigen Dreiecke aufeinander genäht, das trug man damals so, hätten dann wie ein Judenstern ausgesehen, ein rosaroter Judenstern. Der kindliche Wunsch, Jude sein zu wollen, hätte sich dann ganz bitterlich erfüllt. So einen Stern haben vielleicht auch die beiden Häftlinge in Jamlitz getragen, von denen im Lieberoser Museum etwas übrig geblieben ist. Schon vor Jahren, ich wollte, dass alle Beteiligten meiner „Hallo Nazi"-Inszenierung dieses Museum kennenlernen, sah ich dieses Überbleibsel und war bis ins Mark, ganz persönlich, getroffen. Auf einem kleinen Holzplättchen, es könnte auch ein Kästchen darstellen sollen, ist auf der Vorderseite „EMLEK LIBEROSE LAGER" zu lesen und außerdem ist ein Herz daraufgemalt, das von einem Pfeil durchbohrt ist. EMLEK heißt in ungarisch Erinnerung. Auf der

Rückseite des Heiligtums sieht man wieder ein Herz von einem Pfeil durchbohrt und in ihm die Häftlingsnummern 081154 und 081847. Häftlingsnummer 081154 war einmal der ungarische Mensch Zoltan K. und Nummer 081847 war eimal der ungarische Mensch Jakob Senger, der am 23.10.1907 geboren worden war, damals in Jamlitz also 37 Jahre alt. Beide Männer kamen am 05. Juni 1944 aus Auschwitz nach Jamlitz. Das waren zwei ungarische, jüdische Menschen, die durch Liebe verbunden gewesen waren. Sie wollten, dass Künftige es erfahren. Beide wurden als arbeitsunfähig wieder nach Auschwitz zurückgekarrt und vergast. Ich wäre einer von ihnen gewesen. Die Erinnerung an diese beiden Menschen, das Holzplättchen, wurde bei den 577 ausgegrabenen Skeletten in der Kiesgrube Staakow gefunden. Sie müssen es kurz vor ihrer Deportation in den sicheren Tod an einen Mithäftling übergeben haben, damit es gefunden wird. Es wurde gefunden.

Warum spielen wir „Hallo Nazi"?

In Brandenburg, so ist in der vorigen Woche zu lesen, leben nur wenige Ausländer. Einem Bericht zufolge etwa 49.000, das sind 1,9 Prozent aller Einwohner. Rechtsextremisten werben verstärkt unter Jugendlichen für ihre braune Ideologie. Davor warnt der jüngste Verfassungsschutzbericht. Parolen wie „Ausländer raus. Das Boot ist voll", „Deutschland den Deutschen", „Die Auschwitz-Lüge" Hass und Hetze gegen Minderheiten und Linke sind Hauptinhalte dieser Ideologie. Eltern sind hilflos, wenn ihre Kinder in die rechte Szene abgleiten. Der Kampf, sie zurück zu gewinnen, ist langwierig und äußerst schwierig, wie Beispiele aus der Lausitz zeigen. Erst vor kurzem wurde in Cottbus ein linker Jugendclub von Neonazis überfallen. Im Sommer 2002 töten drei Jungs einen 16-jährigen Kumpel in Potzlow in der Uckermark. Mit einem Stein zermalmen sie seinen Kopf und schmeißen das Opfer in eine Jauchegrube. Das Dorf schweigt, niemand vermisst den getöteten Jungen. Unser Innenminister Jörg Schönbohm sieht darin Auswirkungen von „Zwangsproletarisierung der DDR-Bürger im SED-Unrechtsstaat"; so geäußert im Zusammenhang mit den Kindstötungen durch eine Frankfurter Mutter. Am 28. Juli 2005 bestätigt der Bundesgerichtshof per Urteil, dass der Ausspruch „Ruhm und Ehre den Kameraden der Waffen-SS" rechtlich, juristisch nicht anfechtbar ist. Die Justiz unseres Landes quält sich mit dem Verbot der NPD und kommt wieder und wieder zu dem Schluss, dass verfassungsgemäß keine Möglichkeit des Verbotes gegeben ist. Die NPD zieht in die Parlamente und darf, wie am Beispiel Dresdens, die Bombardierung der Stadt mit dem Holocaust vergleichen - einige Mitglieder des Parlaments verlassen den Saal. Waffenhändler Pfahls wurde am Freitag verurteilt. Bei Anrechnung seiner Haftzeit in Frankreich und der Untersuchungshaft hier dürfte er recht schnell freikommen, berichtet Inforadio am 12. August 2005. Das nach Expertenansicht zu milde Urteil kam durch die in den Kreisen getätigten üblichen Absprachen unter anderem zwischen Kohl und der Staatsanwaltschaft zustande, lässt das Inforadio vermelden und fügt hinzu, dass solche Verläufe in Zivilprozessen Normalsterblicher keinesfalls üblich seien und beispielsweise bei Steuerhinterziehung wesentlich höhere Strafen nach sich zögen. Stoiber entschuldigte sich dafür, dass er sagte, die Wahl dürfe nicht von den Nörglern im Osten entschieden werden. Sein Minister Beckstein fügte hinzu, eine Entschuldigung wäre keinesfalls notwendig, da sich Stoiber berechtigt, nur im Ton überhitzt, geäußert habe. Junge Leute erleben so tagtäglich einen geradezu exemplarisch vorgeführten Werteverfall, erleben, wie Politiker lügen und bestechen, mit Bestechungsgeldern an die Macht kommen und wie im Falle Kohl das Land wirtschaftlich und durch das Auffliegen der Schmiergeld-Affäre auch moralisch in den Bankrott reiten. Sie hören die Parolen vom „Vollen Boot" und sehen die Medien mit ihrem ungefilterten Dreck und spielen die Spiele der Medien, Mord und Totschlag. Sie werden in den Kiezen und Gemeinden nicht ausreichend in Jugendarbeit aufgefangen. Sie leben bei Eltern, deren Biografien ständig mit Füßen getreten werden, also bei demoralisierten, frustrierten Eltern. Man nehme dann die Arbeitslosigkeit, den Lehrstellenmangel, den schlechten Bildungsstand und die damit verbundene Perspektivlosigkeit noch dazu, da hat man dann die Katastrophe. Oft rennen sie dann in Hände von Nazis, die sich diese Notsituation, in der sich Jugendliche zweifelsfrei befinden, erfolgreich zunutze machen. Die immer wieder gestellte Frage: „Wie kann das passieren und warum ist jenes möglich?", ist also scheinheilig. Antworten liegen auf der Hand. Es müsste lediglich gehandelt werden. Wir müssen den Kindern klar machen: Neonazismus ist Dreck, unsere, ihre Feinde, sind nicht die jeweils noch schwächeren Polen oder die anderen Ausländer, sondern die menschenverachtenden Lebensumstände, welche Gleichgültigkeit, Agonie, Gewalt und letzten Endes wieder Menschenfeindlichkeit hervorrufen. Die Zustände müssen verändert, beseitigt werden, da liegt der Hase im Pfeffer, alles andere ist Ablenkung. In Vorstellungsgesprächen nach „Ab heute heißt Du SARA"-Aufführungen erfahren wir, dass Schüler das Fach Geschichte abwählen können und die PISA Studie belegt: 29. Platz in der Länderwertung. Umfragen bei Schülern ergeben katastrophale Defizite im Wissen über den Faschismus, den Judenmord, geschichtliche Zusammenhänge usw., usw. Max Liebermann wurde kurz nach der Machtergreifung durch die Nazis aus der Akademie der Künste geworfen. Nur wenige Zeit danach starb er. Seine Frau nahm sich, kurz bevor sie deportiert werden sollte, das Leben. Ein winziger Stolperstein erinnert, wie kürzlich in den Nachrichten zu erfahren war, in der Nähe des Brandenburger Tores daran, dort wohnten die Liebermanns. Max Liebermanns bekannter Ausspruch: *„Man kann gar nicht soviel fressen, wie man kotzen möchte"*, schießt mir heute immer öfter in den Kopf. Ich finde, dass man heute und hier gar nicht soviel fressen kann, wie man kotzen möchte, und hier setzt „Hallo Nazi" an. Wir brauchen einen Stolperstein, ein Zeichen, ein „Moment mal bitte!", ein „Wo sind wir denn?", „Wie kann es so sein?", „Warum tut denn niemand etwas?".

Der olle Brecht - von bestimmten Kreisen, aus verständlichem Grund gern als überholt bezeichnet, hat volle Aktualität, wenn er in „Fallada, die du hangest" sagt: *„Tut etwas in Bälde, sonst passiert euch etwas, was ihr nicht für möglich haltet!"*
Vor 35 Jahren hörte ich Gerd Gütschow als Arturo Ui im Schauspielhaus Leipzig den Satz: *„Der Schoß ist fruchtbar noch, aus dem das kroch"*, sagen. Ich war damals Student und hätte mir nie träumen lassen, dass ich 35 Jahre später, angekommen in einer so genannten freiheitlich-demokratischen Gesellschaft, diesen Satz als hochaktuell bezeichnen muss.
Apropos Brecht! Peachum sagt in der „Dreigroschenoper": *„Wir wären gut, anstatt so roh, doch die Verhältnisse, die sind nicht so."* Mal lesen, Herr Schönbohm, viel Brecht lesen, oder gleich Marx, nur Mut!
Cottbus, am 15. August 2005

Ein Hasenfuß aus Lieberose,
der trug sein Herz stets in der Hose.
Drum traute er nie
der Demokratie:
Er litt unter Ossiporose.

Marta & Gabi Rodan, Nazareth ILLIT, ISRAEL

Cottbus, 2005

Liebe Marta, lieber Gabi, meine lieben jüdischen Freunde! Gestern haben Fußballer in einem Dresdener Stadion ein Transparent mit dem Davidstern entrollt. Im Fernsehen hetzt der iranische Präsident gegen Israel, gegen Euch. Auf dem jüdischen Friedhof in Cottbus waren wieder Schmierereien auf Grabsteinen. Unsere Justiz kapituliert vor der Demokratie. Kein Täter wird gefasst, geschweige denn bestraft. Aber Menschen gehen auf die Straßen und verhindern, dass die Faschisten weitermarschieren. So in Potsdam und in Senftenberg bei Cottbus und in Halbe auf dem Soldatenfriedhof. Ich habe in Polen „Hallo Nazi" inszeniert, und das Stück hatte großen Erfolg, machte betroffen. Auch in Polen Probleme, Rassismus, Antisemitismus. Ich könnte heulen vor Wut und Scham. Aber ich heule nicht. Ich habe überall, in Polen und hier, von einem kleinen vierzehnjährigen Juden erzählt, der mit seinem Vater im KZ Lieberose, meinem geliebten Lieberose, ausgelöscht werden sollte. Ich habe erzählt, dass das Feuer in den Augen von Gabi noch brannte, als ich ihn mit seiner lieben Frau in Lieberose traf. Der Sand aus Nazareth und der Schlüsselanhänger aus Jerusalem waren mit mir in Polen während meiner Arbeit an der Inszenierung „Hallo Nazi" in polnischer Sprache. Ihr wart also immer dabei, wenn ich von Euch erzählt habe und wenn ich meine Wut in die Arbeit hinein gab. Ihr seid auch so immer bei mir und ich bin ganz bei Euch, meine lieben jüdischen Freunde. Ich habe so viel Freude in mir, dass es Euch gibt, dass es das jüdische Volk gibt, dass es den Staat Israel gibt.
Das Schicksal möge es immer wieder so gut mit uns meinen, wie bisher, trotz alledem, was war an Gemeinheit und Schmach. Mögen wir, möget Ihr, lange leben und das Gute bewahren helfen und die Kunde von der Gemeinheit und der Schmach in die Welt tragen, dass sich das nicht wiederholt, was man mit Euch gemacht hat.
Ich umarme Euch zu unserem Weihnachtsfest, ich umarme Euch immer, sehr warm und ganz und gar herzlich und verbleibe mit den besten Wünschen für das neue Jahr,
Euer Mischa. Bleibt gesund, lange!

Mochow am Mochowsee – Oma Mutter und die Fliegenplage im Schlaraffenland

Wir schreiben Juli 2009. Es ist drückend warm draußen. Schwülwarm. Die Klamotten kleben am Körper. So ging es mir in Suchumi am Schwarzen Meer. Die Subtropen sind über uns hereingebrochen. Am Siebenschläfer hat es wieder mal geregnet. Seitdem ist es so, wie es im Kalender steht. Es gießt wie aus Kannen, dann scheint plötzlich wieder die Sonne. Das Wasser verdampft und erzeugt diese Waschküche. Ich leide bei solchem Wetter. Ich leide, wie damals in Suchumi am Schwarzen Meer. Aber da wehte wenigstens noch kühler Wind vom Meer. Die Fliegen gehen an einen, wie an Stinkerkäse. Das ist nun schon zwei Wochen so. Auf den Fensterbrettern meiner Lieberoser Wohnstatt liegen verendete Fliegen. Ich habe sie tot gesprayt. Ich hasse Fliegen. Neben meinem Diwan steht die Spraydose in ständiger Bereitschaft zum Kampf um Leben und Tod. Ich hasse Fliegen. Früher murksten wir sie immer mit „Mux" ab. Man pustete in ein Glasröhrchen und versprühte ölige, stinkende, fliegenvernichtende Chemie aus der Muxglasflasche auf Möbel und Geschirr, Gardinen und Glasscheiben, herumliegende, nicht abgedeckte Tomaten, Äpfel, Zwiebeln, Brot oder Butter. Eine Mordssauerei. Dazu der bestialische Gestank. Jedenfalls scheint dieser Sommer wieder mal ein Sommer zu sein, wie man ihn nicht seinen schlimmsten Feinden wünscht. Bei Fliegen kommt mir plötzlich ein furchtbares Bild in den Sinn. Ich sehe eine einst weiße Emaillewaschschüssel, die in einem Eisendrahtwaschständer steht. Auf halber Höhe abwärts geschaut ist die Ablage für ein Seifenstück. Dieses liegt auf einem herausnehmbaren kleinen Schüsselchen, ebenfalls aus ehemals weißer Emaille. Beide Schüsseln haben viele abgeschlagene Stellen, an denen bereits der Rost frisst, wie er es auch an dem Eisengestell tut, seit langem. Das Seifenstück ist ein Kernseifestück, das durch trockene Phasen schwarze Längsrisse hat. Aber eigentlich ist dieses Seifenstück schon ganz in Auflösung begriffen, weil es in wässriger Lauge dahinstirbt. Die Krönung dieser morbiden Installation, die ein

Kunstobjekt von Joseph Beuys sein könnte, der behauptete, dass jeder Mensch ein Künstler sei, ist aber der obere Teil, die große Waschschüssel. In ihr dümpelt dreckig, schlierige Waschlauge, auf der hunderte ersoffener Fliegen schwimmen. Teils strampeln sie noch mit ihren schwarzen Beinen, teils sind sie schon abgestorben. Nur sinken sie noch nicht unter. Sie müssen den Übergang vom Irdischen in den zweiten Teil ihrer Laufbahn noch abwarten. Die Oberfläche der Schlierlauge, die milchig grau ist, sieht aus einiger Entfernung schwarz aus, so viele ersoffene oder sterbende Fliegen schweben auf ihr. Die meisten sind richtig fette Brummer, die vor kurzem noch auf Omas Misthaufen speisten. Der stand mitten auf dem Hof und war auch der Lieblingsplatz der Hühner. Die scharrten unentwegt auf ihm herum. Wer weiß, vielleicht waren sie aber auch auf dem bis an das Sitzloch hin angewachsenen Scheißhaufen im Trockenklo mit Herzchen zu Gast. Ich hatte dieses Plumpsklo nur im allergrößten Zwangsfall aufgesucht. Dann starb ich immer fast vor Angst, der Berg könnte meinen kleinen Hintern berühren. Schlimmer noch war die unberechtigte Vorstellung, dicke lange Schlangen könnten sich unter mir aufbäumen und mir den Pullermann abbeißen. Auf alle Fälle schwirrten hunderte Fliegen um dieses Gebirge menschlicher Notdurft. Möglicherweise aber schwirrten sie auch um Omas einzige Kuh. Sie hieß Lotte, wie unsere Tante Lotte im Wedding. Diese Kuh hatte ihre Not, die verdammten Fliegen von der angepappten Scheiße an ihren hinteren Körperteilen mit unermüdlichem Schwanzgewedel zu vertreiben. Die Futterküche diente Oma Mutter der Herstellung von Essen und Fressen. Auf dem gekachelten Kochherd waren Eisenringe, die man je nach der Größe der Kochtöpfe oder Pfannen hineinlegte oder herausnahm. Unter ihnen loderte offenes Feuer, ausschließlich von Holzscheiten entfacht. Die Ringe waren rußgeschwärzt, wie der ganze Herd. Auch die Decke und die Wände der Küche, die von Zeit zu Zeit mit Kalk weiß getüncht wurden, waren rußgeschwärzt. Es war dunkel in der Küche. In ihr stand ein schmieriger Holzküchenschrank mit Glasscheiben, hinter denen lumpige Gardinen baumelten. Und hinter diesen wieder war armseliges Geschirr verstaut. In der Nähe der Tür, aus grobem Holz mit Eisenriegel, befand sich ein kleines Fenster, das eigentlich nur eine verglaste Luke war. Ein Tisch, verschiedene Holzstühle und ein grob gehauener Schemel komplettierten den armseligen Fundus. Der Tisch stieß mit einer seiner Längsseiten direkt an die Wand. An der Fensterluke, die man nicht öffnen konnte, hingen getrocknete Kamille-, Johanniskraut- und Pfefferminzsträuße, aus denen Oma Tee machte. Außerdem hatten sie die unerfüllbare Aufgabe, tausende Fliegen abzuhalten, in der Küche auf Essbares oder Fressbares zu gehen und ihre Eier darauf abzulegen. Oma sagte immer, dass sie nichts mehr hasse als Schwesen. Das sind die Maden, die aus den Fliegeneiern dann wieder neue Fliegen entstehen lassen. Ich bin bis heute Omas Meinung. Wir beide hassen Fliegen, diese Allesverderber. In der Futterküche hantierte Großmutter den ganzen Tag, wenn sie nicht die Kuh molk, die Schweine fütterte, den Hühnern eine Hand voll Korn in den Hofsand warf oder in den Garten ging. Der schloss sich direkt an den Vierseitenhof in Richtung des Sees an. Wenn man am Ziehbrunnen vorbei ging und eine Holztür, die bis zur Brust erwachsener Menschen reichte, öffnete, war man in Omas Garten. In ihm wuchsen Mohrrüben, Gurken, Kohl und Kartoffeln. Kreuz und quer kunterbunt durcheinander, wie es heute wieder Mode ist. Man konnte Bohnen pflücken und dazwischen standen immer wieder Blumen, die verschiedensten Blumen. Das richtige Feld mit Korn oder Rüben, oder Kartoffeln, immer im Fruchtwechsel, war an der Abbiegung nach Lieberose, in Sichtweite zur Chaussee, an einem kleinen Teich gelegen, gut zweitausend Meter von Omas Hof entfernt. Dort, erinnere ich mich, half ich im Sommer Oma und Opa Gürnth beim Hocken aufstellen. Das sind die Korngarben. Wenn ich mich in einer solchen Hocke versteckte, guckte Opa Gürnth so knurrig, dass ich mich erschreckte. Falls Oma in der Küche zauberte, dauerte es nicht lange und diesem düsteren Höllenloch entströmten die herrlichsten Düfte. Großmutter war in der Küche in ihrem eigentlichen Element. Sie war berühmt für ihre Koch- und Backkünste. Man holte sie schon damals, wie später, als sie bei uns in Lieberose lebte, zu Hochzeiten, Konfirmationen, Taufen, Jugendweihen und Beerdigungen. „Annchen, kunnste nich kochen kumm' und backen ooch gleich?" Annchen, meine Oma hieß Anna, wie die Mutter von Maria mit ihrem unehelichen Fehltritt Jesus, Annchen konnte immer. Und so brachte sie ihre Kinder Herbert, Inge, Heinz, Elli und Kurt auch immer irgendwie durch. Ein einziges Wunder. Ohne Mann. Der war früh gestorben an TBC. Neben den Kindern wohnte auch noch der blinde Onkel Heinrich, Omas Schwager, auf dem Hof. Onkel Adolf, der sein eigenes Zimmer hatte, das er fast nie verließ und das ganz schrecklich nach Zigarrenrauch stank, wohnte ebenfalls bei ihnen und später auch noch der alte Opa Gürnth, ihr zweiter Ehemann und dessen Mutter, eine ganz krumme, uralte Frau. Ich fürchtete mich sehr vor ihr. Sie wohnte im Altenteil, dem rechterhand an die Futterküche angrenzenden Wohnbereich. Ich betrat dieses Reich nur ein einziges Mal. Die alte krumme Frau, in uralte Tracht gehüllt, mit schwarzem wollenem Umhängetuch, erschreckte mich. Sie erinnerte mich an die Hexe in „Hänsel und Gretel". Ich öffnete die Tür. Sie stand mitten im Raum. Sie drehte sich zu mir um. Ich sagte nichts. Sie sagte nichts. Sie schaute mich nur böse an und ich kehrte um. Ob sie wirklich eine böse Frau war, wie die Hexe in „Hänsel und Gretel", habe ich nie erfahren. Erinnern kann ich mich nur noch daran, dass in ihrer düsteren Behausung unzählige getrocknete Sträuße von Kräutern an der Decke und den Wänden hingen. Es roch nach Kamille. Es roch gut. Es roch sehr gut. Aber der Anblick schreckte mich so, dass ich nie wieder die Tür zu dieser Welt zu öffnen wagte. Am schönsten war es für mich auf dem Hof, wenn Oma frisch gebackenes Brot oder

Kirschspuckkuchen mit einem Holzschieber aus dem links neben der Futterküche stehenden Backofen zog und auf frischem Stroh ablegte. Ich brach mir immer Stücke von der dunklen Brotkruste und den knusprigen Rändern des Kirschspuckkuchens ab. Es roch und es schmeckte himmlisch. All diese intensiven Düfte werde ich wohl nie vergessen. Auf Großmutters Hof lebte zeitweilig auch ein Reh. Ich konnte es anfassen und streicheln. Tante Editha sehe ich noch, wie sie dem Rehkitz das Fläschchen mit warmer Kuhmilch gibt. Onkel Heinz hatte es beim Kornmähen mutterlos gefunden und auf den Hof gebracht. Dort lebte es eine Weile, bis es wieder in die Freiheit entlassen wurde. Ich erinnere mich auch an die Schlachtfeste auf dem Hof. Aufregung, der Fleischer erschien. Der Schuss mit dem Bolzenschießer. Auslaufendes Blut, aufgefangen für die Grützwurst. Das aufgebrochene Schwein aufgehängt am Scheunentor. Der dampfende Wurstkessel in Omas Futterküche. In der Wurstsuppe, die wir Kinder in Milchkannen im Dorf austrugen, schwammen immer zwei Grützwürste. Dann die großen Grieben, das frische Wellfleisch, die frischen Nierchen. Gerüche von frischem Blut, Fleisch, Gehacktem, Knoblauch, Majoran, Zwiebeln, Pfeffer und Korn, den die Männer tranken. Ein martialisches, sinnliches Treiben zwischen Tod und Genuss. Alles auf Omas Hof am Großen Mochowsee. Hin fuhren wir immer mit Vaters Touren-AWO. Vater fuhr, Mutter saß auf dem Sozius, ich im Beiwagen. Wir trugen alle dicke Motorradbrillen gegen die Zugluft. Wie riesige Fliegen sahen wir aus mit den Brillen, dazu die Lederkappen, herrlich. Zurück fuhren wir, beladen mit eingeweckter Leber- und Grützwurst, mit Fleisch, frischem Gehacktem und mit Wurstsuppe. Alles wurde im Beiwagen um mich herum gepackt, dass ich mich kaum rühren konnte. Zu Hause waren wir nach so einem Schlachtfest meist erst in der Nacht. Wir waren erschöpft und wir waren glücklich. Wir hatten die köstlichsten Dinge für lange Zeit, für unsere Zungen, für unsere Nasen und für unsere Mägen. Aber wir waren endlich wieder zu Hause und gingen alle drei der Reihe nach auf unser eigenes Klo. Das war ein feines weißes Porzellan-Wasserklosett, das wir nach einem Besuch in Mochow immer erst so richtig schätzen konnten. Wir waren angefüllt von Gerüchen, Erlebnissen und Gesprächen. Wir waren damals sehr, sehr reich und ausgeglichen. Wir lebten im Schlaraffenland. Das ist sehr lange her.

Die Nochmaldavongekommenen, die schwarze Maria und Paul von Heyse

Es ist Sommer in Lieberose. Wir schreiben das Jahr 1956. Elf Jahre nach dem Krieg. Die Sonne scheint. Ein Sonntag. Wir sind aufgestanden und haben gemeinsam gefrühstückt. Es gab Stulle mit Butter und selbstgemachter Marmelade, eingeweckter Leberwurst aus Mochow und gekochte Eier, dazu Bohnenkaffee mit Milch. Vati und Mutti sind gut gelaunt. Vielleicht hatten sie eine schöne Nacht. Ich fühle mich wie im Himmel. Meine Welt ist in Ordnung. Wir wurschteln in der Wohnung herum. Vati hobelt Gurken. Das wird der Gurkensalat, der bei uns nur mit Majonnaise, Pfeffer, Salz, Essig und etwas frischem Dill angemacht wird. Andere Gurkensalate schmecken mir bis heute nicht. Die ganze Küche riecht nach Dill und frischer grüner Gurke, die Vati gerade erst im Garten direkt neben unserem Haus abgemacht hatte. Mutti schält Kartoffeln. Dann wälzt sie drei Koteletts in mit einer Gabel schaumig geschlagenem Ei und geriebenen Semmeln. Plötzlich hören wir ein Motorradgeräusch auf dem Hof. Es hupt. Wir gucken aus dem Küchenfenster auf den Hof hinunter. Die Kaulbarsens. Tante Lotti und Onkel Fritz sind aus Hoyerswerda gekommen. Unangemeldet stehen sie auf einmal in unserer Küche. Meine Eltern mussten nicht erst überlegen, ob der jeweils andere es gut fand, was jetzt kam, sie waren sich einig. Sie fanden es schön, dass Besuch da war, die Kaulbarsens und das zeigten sie ihnen auch. Tante Lotti war jahrelang Muttis Kollegin als Krankenschwester. Sie trennten sich erst, als Tante Lotti Dr. Marquardt, dem ehemaligen Chefarzt des Lieberoser Krankenhauses, nach der Auflösung desselbigen nach Hoyerswerda folgte. Onkel Fritz war OP-Pfleger im Krankenhaus, ein Mann fürs Gröbere. Er musste sich schon mal um totgegangene Menschlein kümmern und diese ins Pumpenhäuschen schieben, wenn es auf Station vorbei war mit ihnen. Onkel Fritz war Ostpreuße und sprach das rollende R wie Oma Friedel. Das gefiel mir. Vati und er waren dicke Angelfreunde, die sich gut verstanden und ihre selbst gemachten Angelposen aus Flaschenkorken untereinander tauschten. Handwerklich waren beide geschickt. Onkel Fritz war aber besonders talentiert im Umgang mit Holz, beim Präparieren von Fischköpfen oder beim Bemalen seines finnischen Holzpaddelbootes, das wir, nach dem er wegzog, übernehmen konnten. In der schönen Jahreszeit spielte sich ein Großteil unseres Lebens am Mühlenfließ ab, das sich nur etwa sechzig Meter von unserem Wohnhaus entfernt befand. Vom Küchenfenster im ersten Stock konnte man es sehen. Dort hatten Onkel Fritz und Vati Bänke und einen Tisch aus Holz hingebaut. Da saßen wir oft. Beide Männer standen an diesem Fließ mit ihren Stippen. Sie standen in den Erlenbüschen und angelten oft bis in die Nacht hinein. Dann schrie Mutti aus dem Küchenfenster ihres Hochsitzes laut: „Erwin hochkommen." Das hallte über den ganzen Krankenhaushof. Sie musste oft rufen. Mein Vater war nicht wegzukriegen von seinen Fischen. Das Fließ war aber auch eine Goldgrube. Aus ihm holte Vati Regenbogen- und Bachforellen, Barsche, Plötzen, Rotfedern und sogar Aale. Wenn wir die Angelausbeute, Vatis Fang, einmal nicht gleich verputzen konnten, kamen die Fische in den Fischkasten, der im Fließ lag und durch den immer frisches Wasser floss. Dort überlebten die Fische noch eine kurze Zeit, auf Abruf sozusagen, wie die Delinquenten in der Todeszelle von Sing Sing. Ich selber bin nie aufs Angeln verfallen. Vati versuchte, die Angelleidenschaft auf mich zu übertragen. Er wollte mich infizieren mit seinem Angelbazillus. Er war ein wirklich fanatischer Angler. Aber das war genau so vergebens wie seine Versuche, mich für den Fußball zu begeistern oder mir das Autofahren beizubringen. Ich war unverbesserlich anders, als er es sich damals vielleicht gewünscht hat. Das ist ja auch bis heute so mit mir geblieben. Ach, mein armer, armer Vater. Jedenfalls waren sie da. Tante Lotti und Onkel Fritz, die Kaulbarsens, angereist aus Hoyerswerda, an einem Sonntag im Sommer, auf dem Krankenhaushof in Lieberose. Sie waren willkommen, zum Essen selbstverständlich auch. Aber wir hatten nur drei Koteletts. Kurze Verständigung. Mutti schälte noch ein paar Kartoffeln mehr. Vati ging mit mir runter ans Fließ zum Fischkasten. Er entnahm zwei Forellen, verpasste ihnen einen Schlag auf den Kopf und tat sie mit abgerissenem Gras eingewickelt in die Stofftasche, die er immer beim Angeln umgehängt hatte. Damit hüpfte ich fröhlich zu Sprengers. Sprengers hatten die Fleischerei, die früher Fleischer Wunderlich gehörte. Noch heute kann man das an dem Gebäude in großem Schriftzug lesen. Ich klingelte, Frau Sprenger guckte aus dem Fenster: „Was willste denn Jungchen?" „Zwei Koteletts, hier sind zwei Forellen." Frau Sprenger: „Komme." Sie holte die Schlüssel. Wir gingen über die Mühlenstraße rüber zur Fleischerei. Die Tür zu der Kneipe, die im gleichen Gebäude war, stand offen. Noch heute gibt es diese Kneipe, sie wird liebevoll „Tränke" genannt, eine schwarze Nahkampfdiele. Man hörte angetrunkene Männer, die beim Frühschoppen waren. Grete Sieczka, im grauen Männeranzug, guckte raus und grüßte lässig, ihre Casino in der Hand. Casino war damals eine beliebte Zigarettenmarke. Es roch nach schalem Bier und Zigarettenrauch. Ruck zuck hatte Frau Sprenger, die eine sehr freundliche Person war, zwei Koteletts abgehackt und mit dem Hackbeil auf dem Fleischhackklotz platt geschlagen. Wir tauschten unsere Naturalien, zwei Forellen gegen zwei Koteletts und verabschiedeten uns. Das ganze Prozedere war kein Besondernis. Wir hatten unsere Nummer drauf. So ein Tausch fand nicht zum ersten Mal statt. Am Tisch saßen dann fünf zufriedene Menschlein und spachtelten die saftigen Koteletts, den frischen Gurkensalat und die mehligen preußischen Salzkartoffeln mit Soße in sich hinein, die eine Mehlschwitze verpasst bekommen hatte, dass es nur so rappelte. Gute elf Jahre nach dem Krieg war es das Schönste, zusammenzusein mit Freunden, die auch überlebt hatten, zusammenzusein und gut zu essen. Mir kommen Bilder von Urlaubstagen am Schwansee in den Sinn. „Das Zigeunerlager zieht in den Himmel" heißt ein schöner Film, den ich mal sah. So war das damals auch bei uns. Wie im Film. Wir sind mit Töpfen und Tellern, unseren Federbetten, mit allem, was wir zum Glücklichsein brauchten, herausgezogen an den Schwansee bei Jamlitz. Unweit der Stelle, an der die SS zum Ende des Krieges jüdische Menschen erschossen und anschließend in der Kiesgrube verscharrt hatte, schlugen wir unser Zigeunerlager auf. Aber davon wussten wir damals nichts. Das Massengrab, das heute ein geweihter jüdischer Friedhof ist, war noch nicht entdeckt. Wir waren guter Dinge und biwakten auf dem von der schlimmen Stelle nur fünfhundert Meter entfernten Platz, direkt am Ufer des Schwansees. Böses und Gutes konnten nicht dichter beieinander liegen. Onkel Fritz und mein Vater hatten ein großes viereckiges Mannschaftszelt aufgebaut, in dem man stehen konnte. Jedenfalls konnte ich darin stehen. Das Zelt hatten sie noch von der Wehrmacht aus ihrem Krieg. Darin waren unsere Federbetten auf Holzroste gelegt und so schliefen wir fast wie zu Hause. Nur war nachts manchmal der Regen zu hören, wenn die Tropfen aufs Zeltdach prasselten. Das konnte ich gut leiden. Man lag im Warmen, durch die Betten roch es wie zu Hause und man war doch mit der Natur so spürbar, so dicht verbunden. Die Männer waren tags mit Äxten unterwegs. Sie fällten kleine Bäume und bauten daraus Bänke und einen großen Tisch. Die Feuerstelle war mit herbeigeschleppten runden Steinen umlegt. Ein Metallgestell erlaubte, einen Kessel einzuhängen und aufgestapelte Ziegelsteine Töpfe und Pfannen draufzustellen. Bratkartoffeln mit Eiern und Speck, frisch gebratener Fisch, Kartoffeln am Stock waren die Knüller der Sommerküche. Der Kühlschrank war ein mit einer Holzplatte abgedecktes Erdloch in der Nähe des Wassers. In ihm blieben Butter und Margarine, alles Verderbliche, ganz lange frisch. Abgewaschen wurde immer im See. Man scheuerte die Teller und Töpfe und das Besteck mit Seesand, der am Ufer ganz fein und hellgrau war, wie Ata und abgespült wurde auch alles mit Seewasser. Die Männer angelten nachts, sie gingen auf Aal, sagten sie. Sie legten ihre Aalschnüre aus, was verboten war. Die Frauen suchten am Tage Blaubeeren und Pilze, die bis ans Zelt heran wuchsen und sammelten Brennholz, um das Feuer zum Essenkochen entfachen zu können. Ich sammelte mit oder paddelte mit dem Schlauchboot am Ufer entlang. Ich konnte noch nicht schwimmen und hatte immer berechtigte große Angst, ertrinken zu können. Bis in die schwarze Nacht hinein saßen wir am Feuer. Die Männer tranken ein Bierchen. Manchmal ging eine Flasche Wodka rum. Das war mit großer Sicherheit immer dann so, wenn ein sowjetischer Soldat, ein Offizier oder Unteroffizier vorbei gekommen war. Diese waren die eigentlichen Herren des Schwansees, denn der gehörte in das sowjetische Militärsperrgebiet. Das Betreten war strengstens verboten. Überall standen Schilder mit der Aufschrift: „Stoi, streljatch", was „Halt, es wird geschossen!" heißt. Aber keine Menschenseele kümmerte sich damals darum. Die Russen kamen nicht etwa, um uns zu verscheuchen. Njiet! Sie setzten sich dazu, aßen und tranken mit. Meist hatten sie mehrere Stangen der bulgarischen Zigarettensorte „BT" dabei, vergoldete Spangenuhren für Frauen, oder Fliegeruhren für Männer. Auf jeden Fall hatten sie aber immer einen Kanister Benzin bei sich. Sie verscherbelten das Zeug an uns, um DDR-Geld zu bekommen, mit dem sie sich Schnaps kaufen konnten, oder Geschenke für die Heimat. Nicht selten hörte man sie singen. Meinen Vater mochten sie besonders, weil er so gut russisch sprach. Das hatte er in russischer Kriegsgefangenschaft gelernt. So saßen ehemalige Feinde, Sieger und Besiegte am Feuer und sangen. Über ihnen leuchteten die Sterne, die Sterne, die immer auf alles herab sehen müssen, was die Menschlein da unten auf ihrer komischen Erde so treiben. Diese Menschlein hier waren alle Nochmaldavongekommene. Bis auf einen, bis auf mich, das Nachkriegskind Michael. Ich war hier das einzige Kind unter den Erwachsenen, wurde von allen geliebt und verwöhnt und so war es kein Wunder, dass ich glücklich war. Ein kleiner Kerl unter den Großen, einer von ihnen, einer von einer kleinen Schar froher Menschlein, die in gierigen Zügen das Leben genossen.

Da war Ika, die Oberschwester des Krankenhauses, eine kinderlose, alleinstehende Umsiedlertochter aus Neurehfeld. Da war Onkel Fritz, der OP-Pfleger, der aus Ostpreußen stammte, seine Frau, Tante Lotti, kam aus Braschen, genau wie mein Vater. Die Zwei hatten ihre Kindheit in Braschen verbracht. Wo alle vier herkamen, ist heute Polen. Da war noch Tante König. Die war Verwaltungsdirektorin im Krankenhaus Lieberose. Sie lebte immer

allein, bis zu ihrem Tod. Ihr Mann war im Krieg gefallen. Sie hatte nie wieder Anschluss gefunden und auch keine Kinder. Und dann waren da noch Tante Anneliese, die Sekretärin, nie verheiratet und ebenfalls kinderlos und meine Mutter, die Krankenschwester. Sie wurde in Mochow am Mochowsee geboren, und hatte sich 1950 den Kriegsheimkehrer und Umsiedler Erwin Becker geschnappt. Sie sagte mir einmal, dass sie diesen schönen, ausgemergelten großen Mann mit seinen traurigen, braunen Augen gesehen habe und sofort wusste, dass sie diesen Mann und keinen anderen heiraten würde. Noch vor ihrer ärmlichen Hochzeit, die sie ohne Schleier und ohne Gäste, ohne Feier, ganz einfach hinter sich brachten, war ich geboren worden, die Frucht ihrer Liebe. Und diese uneheliche Frucht erlebte unter all den Menschlein, die nach diesem verfluchten Krieg noch einmal davon gekommen waren, was Leben ist. Über dem Zigeunerlager hing an Angelschnur zwischen zwei riesigen Kieferstämmen aufgehängt in luftiger Höhe ein Holzbrett wie ein Transparent. Wie ein Transparent am ersten Mai hing dieses Schild über unseren Köpfen, über dem Zigeunerlager der Nochmaldavongekommenen. Darauf war ein Hecht gemalt und auf dem Bauch des Hechtes stand:
„Zur schwarzen Maria".
Was das wohl zu bedeuten hatte?

Auf dem heutigen Kalenderblatt steht:
Wenn du an dir nicht Freude hast, die Welt wird dir keine Freude machen.
Paul von Heyse.

So isses! Genau so!

Sri Lanka – der Garten Eden und die Schweinegrippe

Der Sommer 2009 fiel auf den 2. August. Heute war Sommer, mein Sommer. Wir hatten 33 Grad auf dem Thermometer. Auf meiner Allesmöglicheanzeigeuhr lese ich 28 Grad ab und wir haben es halb acht Uhr abends. Die Luftfeuchtigkeit beträgt 70 Prozent. Das ist mein Sommer. Vorbei die Zeit, als die Temperaturen um 20 Grad rumdümpelten und wir sage und schreibe 90 Prozent Luftfeuchtigkeit hatten. Dauerregen. Schwüle. Mein Garten glich einem Tropenurwald. Er dampfte. Die eingewanderten spanischen Nacktschnecken tanzten Samba. Sie hatten den Garten voll im Griff. Ich drohte einzugehen.

Im Radio sagte eine Frau auf die Frage, wie sie mit diesem Sommerwetter zurecht käme, in brandenburgisch trockener Art, dass sie eine Meise kriege. Sie bekäme einfach eine Meise bei dem Hin und Her in diesem Sommer. Ich musste laut lachen. Aber heute war ich in meinem Element. Trockene Hitze. Die bekommt mir. Ich wachte, wie immer, so gegen fünf Uhr auf, kochte mir einen Tee, hörte Nachrichten. Die kommen um diese Zeit noch vom ARD-Radiowecker aus Köln, Frankfurt oder München. Das erkennt man daran, dass wesentlich mehr deutschsprachige Musiktitel gespielt werden. Sobald auf gleicher Frequenz „Antenne Brandenburg" übernimmt, schlägt das Musikwetter um. Von vier Titeln sind drei englischsprachig. Ich bin, obwohl bei meinem Heimatsender, im Soldatensender für Amis gelandet. Ich werde den Eindruck nicht los, dass ich amerikanisiert werden soll, damit meine Russifizierung langsam verblasst und in Amerikafreundlichkeit umschlägt. Das möchte Dagmar Reim so. Aber da wird nichts draus. Ich merke die Absicht und bin verstimmt. Frau Reim hat den Sender übernommen als Intendantin, eine feindliche Übernahme. It's not o.k., Lady Reim. Dann kommt irgendwann das Wort zum Sonntag. Täglich! Evangelische wechseln sich mit Katholischen ab und versuchen mir, mal weniger mal mehr geschickt beizubringen, dass ich im Bündnis mit Gott besser über den Tag käme. Und prompt rege ich mich so derartig auf, dass es eigentlich ein Scheißtag werden könnte. Aber heute war Sonntag. Mein Sommerwetter, Garant für gute Laune. Trotzdem kann ich es mir nicht verkneifen zu erwähnen, dass es mich ankotzt, in einer sogenannten pluralistischen Gesellschaft bei einem öffentlich-rechtlichen Sender, der von meinen Beiträgen lebt, nur evangelisch oder katholisch berieselt zu werden. Ich bin Atheist. Es gefiele mir noch, wenn mal ein Moslem, mal ein Jude, mal ein Hinduist, ein Katholik oder ein Protestant zu mir sprächen, meinetwegen auch noch Zeugen Jehovas, Adventisten oder Herrnhuter. Egal, aber wenn pluralistisch, dann alle. Ich weiß ja recht wenig über sie und könnte mich dadurch bilden. Aber nein, mein pluralistischer Sender ist parteiisch. Das kenne ich doch noch! It's not okay, Lady Reim, it's not okay. Nun haben wir in Brandenburg zwar wenig Muslime, aber wir haben auch verdammt wenig Katholiken und Gott sei Dank immer mehr zugewanderte Juden. Fakt ist, dass diese von Frau Reim gewollte Christianisierung ins Gegenteil umschlägt. Jedenfalls bei mir. Gevatter Schönbohm, der alte Kreuzritter, trötet auch ständig von der dringenden Notwendigkeit der Christianisierung des Ostens. Er und Daggi sind eben Seelenverwandte. Okay, aber wie gesagt, daraus wird nichts, Ihr Lieben, sorry. Bei mir klappt das nicht! Und das ist gut so. Ich wachte also auf und dachte, mal sehen, was heute so los ist. Da fiel mir Rabindranath Tagore ein, der einmal sagte: „Dumme rennen, Kluge warten, Weise gehen in den Garten." Also, ab in den Garten. Die Sonne ging gerade auf und es war noch etwas kühl. Ich fütterte erst mal die Fische. Da stand ich im Nachthemd am Teich und freute mich beim Anblick der Orfen, der Kois und der Goldfische. Sie sind fast zahm. Sobald ich den Plasteeimer öffne, in dem das Fischfutter ist, versammeln sich die Fische gierig an der Wasseroberfläche. Sie hören am Knacken des Deckels vom Futtereimer, dass es losgeht. Können Fische überhaupt hören? Und dann schnappen sie nach dem Futter und schlürfen und schmatzen und schlingen, wie die Schweine damals bei Woltens, unseren Milchnachbarn. Dann drücke ich den sieben Katzen, die von mir als Sommergäste durchgefüttert werden, Nassfutter aus einer kleinen Portionstüte in den Napf auf ihr Trockenfutter. Es gibt heute Lachs und Thunfisch, feine Stückchen in Gelee, mit bestem Fleisch, schonend zubereitet. Na wohl bekomm's! Die spanischen zugereisten Nacktschnecken, das Ergebnis des Massentourismus, wird's jedenfalls freuen. Sie lieben das Katzenfutter genau so wie die Katzen. Sie müssen es über Kilometer hinweg riechen. Jedenfalls sind diese eingeschleppten scheiß Nacktschnecken keine willkommenen Gäste. Nein wirklich, das sind sie nicht. Ich bin trotz dieser Einwanderlinge zufrieden mit meinem Leben und lege mich noch mal hin. Ich löse amerikanische Kreuzworträtsel. Das sind die, wo man alles selber machen muss, die Abstände, die Reihenfolge, die Leerfelder. Im Radio erfahre ich gerade, dass die Schweinegrippe in der Uckermark angekommen sei. Urlauber hätten sie sich aus Griechenland mitgebracht. Schön! Neulich wurden Leute in einem Fernsehbericht kurz vor ihrem Abflug nach Mexiko befragt, ob sie denn keine Bedenken hätten, in das Schweinegrippeepizentrum zu fliegen. Sie verneinten. Schön! Eine Familie mit Kleinkindern war auch dabei. Schön, schön! Es lebe die Reisefreiheit! Na, die Tourismusindustrie und die Schneckenkornproduzenten machen gewaltige Luftsprünge über den Reisewahn deutscher Bundesrepublikaner. Irgendwann gehe ich, noch ungewaschen, auf den Vorderhof, der an der Straße liegt, Blumen gucken. Heute sah ich zum ersten Mal ein Eichhörnchen dort. Es hüpfte vom Pflaumenbaum runter und lief in Richtung grüner Holzlaube. Dort schnupperte es am Blecheimer und verschwand wieder im Dickicht. Es war rotbraun und hatte einen ganz buschigen Schwanz. So ein Eichhörnchen hatte ich bisher tatsächlich wirklich nur im Märchenbuch meiner Kindertage gesehen. Ich freute mich wie Bolle und es schoss durch meinen Kopf: „Warum denn in die Ferne schweifen, das Glück ist doch so nah!" Vergnügt sprang ich in den Hinterhof, welcher der eigentliche Garten ist mit den zwei Teichen und den fünf hundertjährigen Apfelbäumen. Da sind dann noch drei alte Pflaumenbäume und ein Tenkenbaum, eine Mirabelle, aber Oma sagte immer Tenkenbaum. Ein Süßkirschen-, ein Sauerkirsch-

baum, zwei Quittenbäume, ein Pfirsich- und ein Birnenbaum sind erst seit wenigen Jahren dazu gekommen und komplettieren das Obstbaumensemble. Diese vielen Bäume beschatten den Teichgarten auf fantastische Weise. Ich habe dadurch im Hochsommer immer die Wahl zwischen dem heißen Sonnengarten zur Mühlenstraße hin und dem kühlen Schattengarten. Wieder auf meinem Diwan liegend, lese ich in der Palucca-Biographie, die gerade erst erschienen ist. Ich erinnere mich beim Lesen, dass ich der großen Gret Palucca mehrmals persönlich begegnet war. Ich hatte die Ehre am 8. Januar 1987 ihren 85. Geburtstag, der in der Semperoper Dresden gefeiert wurde, moderieren zu dürfen. Auf ihren Wunsch zitierte ich aus der „Weltbühne". Immer wieder nehme ich mal einen Schluck Tee, liege da und lasse den Tag langsam kommen. Irgendwann ist die Sonne so knallig, dass ich aufstehe und Vorkehrungen für einen heißen Sommertag treffe. Ich schließe alle Fenster und Türen, Oma und meine Mutter hängten früher immer noch nasse Bettlaken vor die Fenster, dann gieße ich die Pelargonien in den Blumenkästen. Auch kippe ich die Jalousien an und dämpfe damit die Lichtzufuhr. So gegen sieben Uhr schmeiße ich die Waschmaschine an. Die wundervoll nach Apfel duftende, mit „Spee Apfel" gewaschene Wäsche hänge ich folgerichtig unter meine hundertjährigen Apfelbäume zum Trocknen auf. Ich pendle dann zwischen dem Schattengarten und meiner kühlen Wohnstatt hin und her, bin splitternackt. Mich schützt im Apfelgarten meterhohes, sattgrünes, dichtes Gebüsch, ringsum. Ich fühle mich wie Dornröschen, nein, wie Adam, ja, wie Adam, in Eden. Eva ist übrigens abwesend.
Nicht immer.

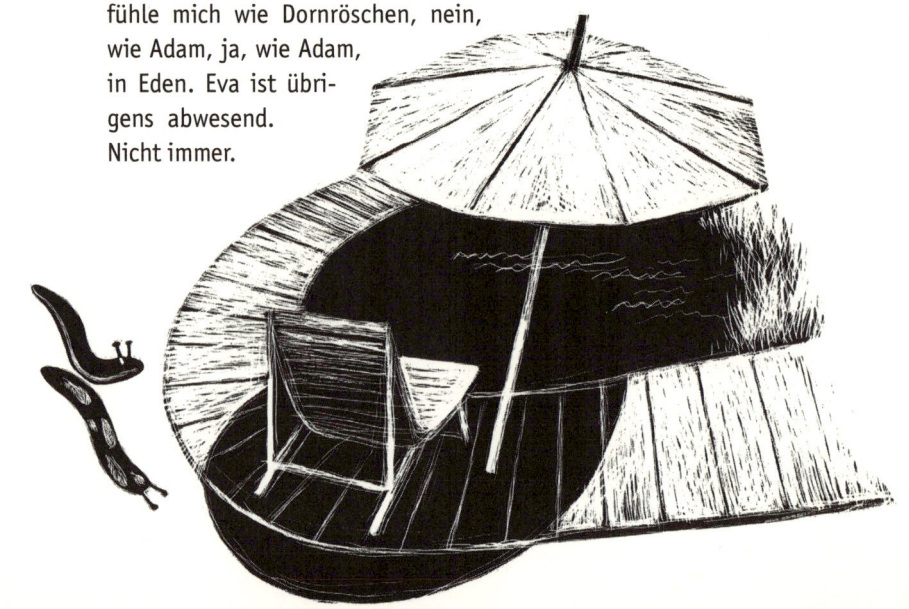

Marina fuhr, nachdem sie hier in Eden eine Woche Urlaub gemacht hatte, wieder zurück ins Thüringische. Mitten in meinem Insulanerglück klingelt es plötzlich. Zack, zack zieht sich Robinson was drüber, Freitag könnte kommen. Ich gehe zum Tor. Nein, nicht Freitag, sondern Ines steht da, eine Freundin aus früherer Zeit. Ich freue mich. Wir nehmen im Garten unter dem großen weißen Sonnenschirm Platz, direkt am Teich. Während die Fische Mücken fangen und eine Ringelnatter Frösche hypnotisiert, plaudern wir uns in den Vormittag. Wir trinken Kaffee und lassen es uns gut gehen, schwelgen in alten Zeiten. Ines erzählt mir von ihrer letzten sensationellen Urlaubsreise. Sie war in Sri Lanka, wo sich Tamilen mit Regierungstruppen beschießen. Sie berichtete mir von den Menschen, die trotz großer Armut und der kriegsähnlichen Zustände, Ines hatte viele geladene Kalaschnikows auf sich gerichtet gesehen, die trotz der Tsunamis und der tropischen Dauerschwüle immer zufrieden und geduldig auf sie wirkten. Sie war fasziniert von den Menschen dort. Besonders begeistert war sie aber von ihrem Yogalehrer und den Ayurvedamassagen, aber auch vom Essen und der schönen Landschaft. Und sie war voller Sympathie für einen Münchener Urlaubspartner, der Hildegard Kneef nicht leiden kann. Schade, dass er das nicht kann. Ich hörte Ines zu, intervenierte gelegentlich, war aber auf ihren Vorschlag: „Du musst mal nach Sri Lanka fahr'n!" vollends ungerührt. Als Ines zurück nach Cottbus fuhr, zog ich mich sofort wieder aus und nahm als Adam, oder Robinson, egal, meine prasseltrockene, nach Apfel duftende Spee-Wäsche ab. Dann musste ich erst mal ein Glas Sekt trinken, Rotkäppchen trocken natürlich. Ich war fix und fertig. Ich stellte mir vor, dass ich zweimal sechs Stunden in einem vollgestopften Flieger sitze. Dann sehe ich mich, wie ich die kerosinsaufende Maschine verlasse, um in ewig quietschnassen, stinkigen Klamotten verschwitzt ein Hotel zu beziehen, das heile Welt vorgaukelt. Ich sehe mir Menschen an, denen es noch so richtig schlecht geht. Vorbei an Kalaschnikows, genieße ich bei 60 Grad im Schatten bei Dauerschwüle die Buddhas und die Landschaft. Na geht's noch? Um Himmels Willen! Das alles will ich so absolut gar nicht. Aber ich muss es ja auch nicht. Nein, das muss ich wirklich nicht. Jetzt briet ich mir zwei Lammkoteletts mit Zwiebelringen in Butter. Dazu gabs eiskalten Bohnensalat, den ich mir aus dem Kühlschrank holte. Dann flanierte

ich in meinem Garten Eden umher, setzte mich mal an den Teich zu den Fliegenfängern, in der Luft der Duft von gebratenem Lamm und Zwiebeln. Die Schlange war inzwischen abgetaucht, der Frosch war schneller. Ich sah auf meine grüne Hölle und war irrsinnig dankbar für all das. Als die Hitze unerträglich wurde, legte ich mich auf meinen armen Diwan, der mich wirklich verdammt oft ertragen muss und schlief, bedeckt mit einem roten Leinentuch , eine gute Stunde. Ich hielt Siesta Ole!
Als ich erwachte, machte ich mir einen Kaffee mit Zimt und Sahne und richtete mir ein lauwarmes Bad. Das gelbe Wasser in der Wanne roch betörend nach Arnika. Ich hatte ein Kneipp-Bad gewählt, orangegelbe Kristalle, gut für Muskeln und Gelenke, aber auch gut für meine Nase und meine Augen. Ich lag in dem gelben, nach Arnika duftenden Wasser, sah durch die weit geöffneten Türen des Badezimmers und des Flurs direkt in meinen Garten, auf das Weinlaub und die grünen Weintrauben. Ich räkelte mich in meinem Traumschiff, war auf großer Kreuzfahrt um die große Welt. Durch die offenen Fenster, die zum Vorderhof hingehen, auf dem heute Morgen das rotbraune Märcheneichhörnchen aufgetaucht war, strömte der schwere Duft von Phlox in meine hochempfindlichen Nüstern. Ich entspannte Körper und Sinne und ver-

ließ schließlich irgendwann das Traumschiff. Nass vom Bad begab ich mich splitterfasernackt in den Teichgarten und ließ mich von gleißender Sonne trockenlecken.
Plötzlich zwitscherte das Handy. Jurij, mein sorbischer Freund, rief mich aus Bautzen an. Er erzählte mir, dass er gerade noch einmal so einer Freundesclique entwischt sei, die ihre alljährliche, traditionelle Urlaubsreise mit ihm geplant hatte. Es sollte wieder eine Reise mit viel Kultur werden. Ein Freund hatte die Tour, wie immer, perfekt durchorganisiert, die voller Höhepunkte war, Museen, Kirchen, Denkmäler, Strandleben, Wasser. Jurij sagte ab. Er hatte in diesem Jahr einfach keine Lust auf Sri Lanka. Er möchte ein paar Tage zu mir nach Lieberose kommen, Frösche gucken, Freitag kommt also doch noch, Robinson freut sich. Plötzlich fasste ich einen Entschluss. Ich wollte, nein ich musste über diesen epochalen Tag etwas schreiben. Ich ging in die Küche, legte mich wieder auf den, na, sie wissen schon, ja, auf den armen Diwan, es roch noch immer nach Phlox und Arnika, gerösteten Zwiebelringen und Lammkoteletts und Butter und so weiter und so weiter und so weiter, ich goss mir noch eine Tasse Tee ein und begann mit meiner Kalenderblattgeschichte. Noch immer war ich nackt, noch immer war ich glücklich, es roch immer noch gut, es war einfach himmlisch, nein, es war paradiesisch, ich bin ja Adam in Eden. Ich hatte absolut alles, was ich brauchte zum Glücklichsein hier, in meinem Lieberose, in meiner grünen, himmlischen Hölle, in der Mühlenstraße.
Ich war volle Pulle Sri Lanka ole!

Und was sagt der Kalender?
"Ruhe, das höchste Glück auf Erden, kommt sehr oft nur durch Einsamkeit in das Herz." Georg Zimmermann

Rosalinde zieht mit ihren Elefanten über die Alpen und das ist gut so

Vor beinahe vier Wochen verabschiedete sich Peter Kupke von uns. Wir hatten die letzte Vorstellung des „Hauptmann von Köpenick" gespielt. Sechs Wochen hatte Kupke mit uns probiert. Es waren wunderbare Proben. Ich genoss diesen Regisseur, das Stück, meine Rollen. Dann spielten wir den „Hauptmann" elfmal, immer ausverkauft. Es war ein Kraftakt. Wegen des schlechten Wetters fiel keine einzige Vorstellung aus. Bei strömendem Regen spielten wir weiter. Bei eiskaltem Wind froren wir, wie die Schneider. Aber wir ließen die Zuschauer nicht im Stich und sie ließen uns nicht im Stich. Sie froren mit uns. Sie saßen auf immer feuchten Plastikstühlen, sie waren mit Regenmänteln und Schirmen da, sahen unserem Spiel zu und klatschten zum Schluss, wie die Wilden. So muss es sein. Peter Kupkes Regiedebüt in Cottbus war ein voller Erfolg. Er machte uns stark, er machte alles schön und das konnte man jeden Abend erleben. Jetzt standen wir nach der letzten Vorstellung dieser Spielzeit verschwitzt und halb oder schon ganz abgeschminkt, in der improvisierten Maske und lauschten unserem Regisseur. Er war, wie immer, konzentriert, machte, wie Hoprecht bei Zuckmayer, „keinen langen Sums", dankte uns und schloss eine weitere Zusammenarbeit nicht aus. Wir, die Schauspieler, Maskenbildner, die Ankleiderinnen und Tontechniker, die Bühnenarbeiter, die Assistenten und einige Statisten applaudierten ihm. Wir dankten dem großen Regisseur Peter Kupke, einem der letzten großen Elefanten seiner Zunft. So musste es sein. Dann gingen wir glücklich auseinander, entließen uns in den verdienten Sommerurlaub. Wir hatten nicht Erfolg, weil wir schön waren, sondern wir waren schön, weil wir Erfolg hatten, wie Brecht es einmal sinngemäß formulierte. Der Rausch des Erfolgs war aber schnell verflogen. Unsere Kunst ist eben eine flüchtige. Und dass die Nachwelt dem Mimen einen Kranz flicht, das ist sehr ungewiss, aber, Gott sei Dank, nicht ausgeschlossen. Je nach dem. Ich hatte auf meinem Sommersitz lieben Besuch. Mein Freund Gerhard Fugmann kam. Wie immer, wenn wir aufeinander treffen, das ist leider viel zu selten, geht es intensiv zu. Wir disputierten fast acht Stunden über Gott und die Welt. Das Theater spielte eine große Rolle in unseren Gesprächen, Privates in aller Offenheit, aber vor allem die Politik. Am meisten redeten wir über die Utopie einer gerechteren Welt und waren, so verschieden wir auch sein mögen, einig in ganz wesentlichen Fragen. Wir sind Genossen im Geist und das ist gut so. Das ist so seit einer Begebenheit in den späten achtziger Jahren. Es ging um ein Porträt, das er als Chefredakteur der „Lausitzer Rundschau" Cottbus über mich schreiben sollte. Dieses Porträt ist nie in der Zeitung erschienen. Aber dazu später. Ich muss zurück zum Thema, zurück zum Stichwort Elefant.

Als ich erzählte, dass ich auf der Suche nach einem Menschen, der mir meine frisch handgeschriebenen Kalenderblattgeschichten in einen Computer hacken kann, auf eine Lieberoserin gestoßen bin, die schon mal im Fernseher groß raus gekommen war, wegen kugelrunder Eier, sagte Gerhard sofort, dass das eine neue Geschichte werden müsse. Gerhard Fugmann hat also Schuld daran, dass ich mich mit Freude und Neugier auf den Weg machte zu einer Schützenkönigin. Nach kurzer telefonischer Anfrage stand fest, dass ich Donnerstag um neun Uhr morgens in der Münchhofer Straße dieser Königin begegnen darf, die den Computer bedienen kann und tippen wie keine Zweite in Lieberose, so wurde mir berichtet. Ihre Majestät empfängt um neun Uhr morgens an einem strahlenden Sonnentag, der ein ganz gewöhnlicher Donnerstag war, den Kalenderblattgeschichtenerzähler aus der Mühlenstraße.

An dieser Stelle sei erwähnt, dass ich dieser Königin erst zweimal persönlich begegnet bin. Die erste Begegnung war eine unpersönliche. Ich schreckte vor Jahren am Fernseher zusammen. Da wurde eine junge Frau aus Lieberose, meinem Lieberose, mit ihren Hühnern vorgestellt. Diese, ihre Hühner, oder eines von ihnen, legten oder legte kugelrunde Eier, kugelrunde Eier. Eier wie Tennisbälle, keine ovalen Eier. Es heißt aber doch eirund, wenn man oval meint, oder? Hier war offensichtlich etwas nicht so, wie es verabredet war mit dem Schöpfer, hier war etwas nicht normal. Hier lief etwas nicht rund, obwohl rund, aber nicht im gewohnten Sinne des Wortes. Na, wie auch immer. Ich sah in das strahlende Gesicht einer Lieberoserin, die im Fernseher war wegen runder Eier. Und diese Lieberoserin hieß Rosalinde Weigelt. Schön, dachte ich. So muss es sein. Mein Lieberose im Fernseher. Auch schön, dass es eine Weigelt war. Ich kenne einige Vertreter der Weigeltsippe. Zu dieser Sippe gehörten nämlich sehr liebe Menschen. Da war Oma Friedel, mein Goldstück, Tante Martha, Tante Anna und Tante Erna. Die vier sind Schwestern. Die Tochter der Tante Martha heißt Reni. Die heißt Reni Weigelt. Die heißt so, weil ihr Mann, Herbert, Weigelt heißt. Der war früher ABV, also Dorfsheriff, in meinem Lieberose. Und deren beider Tochter Angelika wurde mit mir 1957 eingeschult. Besonders die vier, leider schon lange nicht mehr lebenden, Schwestern und Onkel Paul, der Mann von Tante Martha, haben einen unverrückbaren Platz in meinem Herzen. Und das ist sehr gut so. Vor ein paar Jahren flanierten Marina und ich ahnungslos über den Lieberoser Marktplatz. Hier sollte es zu der ersten, denkwürdigen persönlichen Begegnung mit der Eierfrau kommen. Als ich sie sah, ging ich in meiner direkten Art auf sie zu und fragte, ob sie die Frau mit den runden Eiern aus dem Fernseher sei. Sie bejahte die Frage und bat uns, einen Augenblick zu verweilen, sie sei gleich wieder da. Dann stürzte sie ins Rathaus, in dem sie damals als Sekretärin des Amtsdirektors Raatz arbeitete. Wie von der Tarantel gestochen war sie verschwunden und kehrte im Augenblick mit einem Fotoalbum zurück. In dem war alles rund um die kugelrunden Eier dokumentiert. Fotos, Artikel, Interviews. Wir waren stark beeindruckt und wollten weiter. Stark gefehlt. Rosalinde Weigelt, die Frau mit den kugelrunden Eiern, entpuppte sich als die Schwiegertochter der Weigelts, mit deren Tochter Angelika ich acht Jahre zur Schule ging. Sie hatte Siegbert, den Sohn der Weigelts geheiratet, der mit seinen ABM-Männern einst im Frühjahr, als noch Schnee lag, meinen Ginkgobaum ausgerissen hatte, der die Umpflanzung leider, leider nicht überstand. Siegbert hätte die Hühner so lange mit Rosenkohl gefüttert, bis ein Huhn plötzlich eines Tages kugelrunde Eier legte. Das Wunderhuhn trug den schönen Doppelnamen Berta-Erika und sollte sogar ins Guinness-Buch der Rekorde kommen. Die Medien berichteten von dem Huhn. So also hing das zusammen. Die Welt ist klein, aber fein und rund, dachte ich. Und das ist gut so! Nun wurden uns Fotos von Schützenfesten gezeigt. Rosalinde war nicht nur Rundeeierkönigin, sondern dreimal Schützenkönigin des Lieberoser Schützenvereins. Sie war auf den Bildern in grüner Tracht zu sehen und mit schicken langen Kleidern, die sie sich für die Schützenfeste hatte nähen lassen. Erschöpft von dem Überfall, der sich in die Länge zog, wollten wir von dannen ziehen. Wieder stark gefehlt. Rosalinde redete unentwegt weiter auf uns ein. Irgendwann aber entkamen wir ihr und kehrten benebelt heim. Ich wäre keineswegs die einzige Granate in Lieberose, stellte Marina fest. Außer dem Ex-Kultur-Minister Schirmer der Modrow-Regierung und dem Tänzer Rainer Praikow, der im berühmten Friedrich-Stadt-Palast-Berlin zusammen mit Suse und Emöke getanzt hatte, zu Emöke muss ich später noch einmal zurück kommen, wir kannten uns nämlich gut, aber wie gesagt, später dann mehr zu ihr, außer dem Minister also, dem Tänzer und dem Schauspieler gab es auch noch den Fernsehstar Rosalinde in Lieberose. Und im Reden, setzte Marina noch einen drauf, im Reden übertrifft dich diese Rosalinde um Längen. Na schön' Dank auch, dacht' ich. Einst besuchte ich Herbert Weigelt und machte ein Interview mit ihm. Er zeigte mir Fotos, auf denen er mit dem vermeintlichen Putin zu sehen ist. Er hätte dienstlich auf dem Brand, so hieß der sowjetische Truppenübungsplatz in Lieberose, zu tun gehabt und da sei es zu dieser historischen Begegnung mit dem noch blutjungen, in der DDR stationierten Putin gekommen. Bei meinem Treffen mit dem ehemaligen Dorfsheriff sah ich das zweite Mal die mir nun schon bekannte Schützenkönigin Rosalinde. Sie wollte mich wieder in ihren Bann schlagen und verführen, wie sie es damals auf dem Markt getan hatte. Aber ich konnte ihr noch einmal entkommen. Viel zu beschäftigt mit der Putin-Story verließ ich das Weigeltsche Haus, in dem ich damals zum ersten Mal war. Ich borgte die Originalfotos von dem Zusammentreffen des Sheriffs mit Putin aus, ließ sie auf dem Rathaus kopieren, brachte sie zurück und versprach, der Putin-Geschichte nachzugehen. Heute nun stehe ich erneut vor dem Weigeltschen Anwesen. Es ist Punkt neun. Der Schäferhund bellt. Ich trete erst ein, nachdem mir Zeichen gemacht werden von Rosalinde, dass die Luft rein ist. Wir begrüßen uns. „Sag Rosi zu mir", sagt Rosi zu mir. Ich sage: „Micha". Rosi zeigt mir stolz ihr neues Auto. Der Dorfsheriff kommt aus dem durchs Fernsehen berühmten Hühnerhof geschossen, Kontrolle. Wir begrüßen uns, ich trete ein. Mir schwante schon so was. Bereits im Vorgarten und auf dem Hof stehen teilweise wildschweingroße Elefanten aus Stein. Und schon erklärt mir Rosi, dass genau diese Elefanten im „Heimatjournal" mit ihr zu sehen waren. In der Veranda, auf den Fluren, im Bad, dem Wohn- und Schlafzimmer Elefanten über Elefanten. Es flimmert vor meinen Augen. Wo bin ich hingeraten? Das wäre noch gar nichts, säuselt Rosalinde, die sich selbst schön aufgehübscht hat mit ihrer blonden Lockenpracht. Ich müsste erst mal das Traditionszimmer, ihr Büro und den Fitnessbereich sehen. Mir schwindelt, mir wird schwarz vor Augen. Gefühlte Myriaden von Pokalen, Fotos, gerahmt und als Poster, Urkunden, Schützenscheiben, Ehrenteller, Kristallvasen, Muscheln, Schiffe, andere maritime Leckerbissen und immer wieder Elefanten, Elefanten, Elefanten. Ich sehe mein Anliegen, etwas getippt zu bekommen, stark scheitern. Rosalinde kommentiert die Ausstellungsexponate, reißt enthusiastisch Bilder von der Wand, reicht sie mir, erzählt begeistert, dass sie gern bastelt, Bilder webt und Taschen häkelt. Die geerbte Tracht ihrer Oma Marie, die ihr ganzes Leben wendische Sachen anhatte, hält sie in Ehren. Ein neues Halstuch mit roten Rosen hat sie selbst gestickt. Sie zeigt mir auch das noch, ich bin fix und fertig. Als ich verwirrt und überfordert auf einen Stuhl sinke, bietet mir Rosi, die Schützenkönigin, der Fernsehstar, die Herrin von über dreihundertfünfzig Elefanten, wie sie mir versichert, einen Ohrensessel an. Sie würde erst mal Kaffee kochen und Kekse holen. Sie hätte heute leider nicht gebacken, das könne sie besonders gut, kochen selbstverständlich auch. Dann wolle sie für kalte Getränke sorgen. Ich lehne dankend ab. Als sie mir noch eröffnete, dass sie etwa an die 20 Pokale, 15 Medaillen und rund 50 Wettkampfurkunden hätte, zu denen sie mir unbedingt etwas erklären müsse, wollte ich fast aufstehen und gehen. Als sie mir dann auch noch beichtete, dass sie beinahe 100 Weihnachtskrippen hätte, die sie gleich sofort zeigen wolle und obendrein noch 125 Paar Schuhe, über die schon die Bild-Zeitung berichtet hat und eine Ostereiersammlung noch dazu, war ich vollständig paralysiert. Nun war die Frage: Wer, Wen? Ich riss mich zusammen. Hier brauchte es starke Nerven und einen kühlen Kopf. Draußen knallte die Sonne, wie eine Furie. Hier unten im Keller, wo einmal Koks lagerte, wie ich von Rosi erfuhr, war es angenehm kühl. Kühl ist gut, dachte ich. Kühl ist sehr gut. Kühler Kopf ist gut. Sie, oder ich, das ist hier die Frage. Ich reiße das Ruder rum. Ich reiße die Führung an mich. Ich muss die Führung übernehmen und heraus gegen mich, wer sich traut. „Los, Rosi, wir fangen an" sage ich, „sonst wird nüscht." „Gut", sagt Rosi. Wir fangen an. Ein Wunder! Rosi tippt. Sie tippt tatsächlich. Sie tippt wie eine Göttin, lächelt mich freundlich an, während ihre Finger über die Tastatur toben. Auf meine Frage, ob ich zu schnell diktieren würde, feuert sie mich geradezu an, dass ich nicht zu schnell sei, es mache ihr großen Spaß mit mir. Weiter. Punkt, Komma, Absatz, Buddha mit Doppel D und H vor dem A, ich fliege, sie fliegt, Rosis Kopf ist rot wie Osram, sie schwitzt, ich bin erregt. Immer wieder macht sie zwischendurch Versuche, auf ihre Sammlungen zurück zu kommen. Ich bleibe hart und

diktiere mit kräftiger Stimme. Jetzt nicht abschweifen, weiter. Sie ist wieder konzentriert, wir beide sind gespannt, wie die Armbrust bei Wilhelm Tell, es knistert, Hochspannung, die Tür geht auf, der Sheriff, Kontrolle, ein Handyanruf. Er reicht ihr das Gerät. Rosi telefoniert gekonnt mit dem Krankenhaus, in dem ihre Schwiegermutter liegt. Sie regelt Termine. Sie parliert, eine Chefsekretärin. Neben tippen, schießen, sammeln, sticken, stenografieren, frisieren, basteln, kochen und backen kann dieses Wesen auch noch verhandeln! Immer wieder Zwischenfragen des Schwiegervaters, Rosi bleibt gelassen. Sie ist schweinisch genervt, bleibt aber gefasst und freundlich. Chefsekretärin. Der Sheriff im Ruhestand geht ab. Nach dem die erste Geschichte von mir im Kasten ist, werde ich militant. „Rosi, du gehst Kaffee kochen, ich schwarz ohne alles, keine Kekse, du, wie du willst, ich korrigiere derweil die erste Fassung, dann machen wir weiter." Rosi rennt los. Ich fliege über die Blätter. Kaum Fehler. Das habe ich noch nie erlebt. Die Frau ist einfach eine Wucht. Sie ist völlig verrückt. Aber auf allen Gebieten ist sie extrem, extremextrem, einfach extrem. Und das ist gut so. Das ist gut für mich und meinen Plan. Wir haben noch sechs Geschichten und es geht auf zwölf Uhr Mittag. So hieß der Amischinken, den ich als Schüler auf einer Klassenfahrt im Kino in Dresden-Radebeul gesehen hatte. In dem Reißer wurde viel geschossen, auch dort ging es um Wer Wen. Ich muss schießen. Rosi kommt. Spätestens um vierzehn Uhr müsse sie nach Cottbus zum Dienst. Um Gottes Willen. Noch sechs Geschichten und nur noch zwei Stunden. Ein Pferd, ein Pferd, ein Königreich für ein Pferd, denke ich. So muss sich Richard der Dritte gefühlt haben, als die Kacke am Dampfen war. Ich verstehe dich Richard. Glaub' mir, jetzt weiß ich, wie dir damals zumute war. So ging's mir übrigens damals auch beim schriftlichen Deutschabitur in Beeskow an der Penne. „Mario, der Zauberer" von Mann. Nicht abschweifen jetzt! Ich hatte damals das Schriftliche versaut, total versaut. Ich kann das heute noch nicht verstehen.
Ruhe! Ruhe! Vorwärts, an die Geschütze und Gewehre! Weiter! Rosi verputzt seelenruhig herbeigeschleppte Spritzgebäckringe und zieht sich genüsslich einen gewaltigen Chococino mit Sahnehäubchen rein.

Jetzt müsste ich schießen, wie im Film. Wer Wen. Ich kann nicht. Rosi genießt ihren Chococino mit Sahnehäubchen. „Mein Gott", denke ich, „bei der Figur ..."
Aber dann denke ich auch wieder: „Figur stimmt. Alles an ihr stimmt. In sich. Strahlende grüne Augen hinter funkelnder Goldrahmenbrille, flinke Finger, Kussmund, gewaltiger Oberbau in knappem Pulli, aufreizend präsentiert. Die wird schon. Na ja. Und die hat ja auch..."
Schluss! Für mich ist Rosi ein Volltreffer, der Blattschuss, die Entdeckung! Endlich geht es weiter. Rosi tippt wie eine Irre, ich diktiere.

Was sich dann in den zwei brettharten Stunden bis zwei Uhr mittags abspielte, möchte ich nur verkürzt wiedergeben, weil es zu schrecklich war. Ich zittere noch immer nach diesem Ritt über die Alpen. Und außerdem hatte ich während all dem 'ne ganze Kanne Kaffe ausgetrunken. Rosi wurde andauernd von ihrer kranken Mutter aus Blasdorf angerufen. Sie bräuchte Brot und ihr Eimer müsse gewechselt werden, dringend! Ihre Schwägerin Angelika wollte ein längeres Telefongespräch mit ihr führen, Rosi kappte es. Der Pflegedienst referierte über eine Spezialmatratze für bettlägerige Menschen, Rosi managte die Nummer. Das Krankenhaus rief mindestens noch zweimal an. Zwischendurch trat immer wieder der Sheriff auf. Eine Eierkundin rief an, die Blasken, Rosi sagte ihr die Lieferung zu. Ihr Schützenfreund rief an und wurde barsch abgewimmelt. Als dann noch Tante Lieschen auftauchte und einen Kontrollflug machte, war ich dem Wahnsinn nahe. Rosi glühte wie eine Tomate. Sie hatte Tränen in den Augen, die sie sich immer wieder abwischen musste. So schlimm wie heute, wäre es nicht immer, aber alles in allem, wäre sie schon manchmal dem Abgrund nahe gewesen. Sie ist dem Abgrund nahe? Ich! Ich! Ich! Ich bin dem Abgrunde nahe. Ich! Ich bin schweißgebadet, meine Klamotten kleben an mir, wie damals in Suchumi am Schwarzen Meer. Meine Nerven liegen blank, wie bei der versauten Deutschprüfung damals. Rosis noch blanker liegende Restnerven wurden zunehmend dünner. Es war zwei Uhr mittags, wir brachen ab. Ich hielt stolz vier geschriebene Geschichten auf Papier in meinen Händen. Wir wollten noch terminieren. Als Rosi mir aber eröffnete, dass sie am Wochenende zur Segelschiff-Schau nach Warnemünde wolle, wusste ich endgültig nicht mehr weiter. Ich drückte ihr eine mitgebrachte Flasche Wein und Konfekt in einer roten, herzförmigen Blechschachtel und einen Zwanni in die Hand. Rosalinde, die bei Shakespeare schon als eine angebetete Figur in die Weltdramatik einging, schaltete das Licht im Exkohlenkeller aus und fuhr ihr Gerät runter. Wir flohen den Ort. Wieder an hunderten Elefanten vorbei, flohen wir an die frische Luft. Vor der Tür drückte ich Rosi und gab ihr einen Kuss auf die Wange. Sie griff zu. So viel Zeit muss sein. Rosalinde, die Schützenkönigin aus Lieberose, war mit mir, dem völlig entnervten Hannibal über die Alpen gegangen, mit allen ihren kugelrunde Eier legenden Elefanten. Das war der goldene Schuss. Ein Wunder. Ein einziges Wunder. Das war mein Wunder von Bern. Miguel Unamuno sagt in meinem Kalender: *„Nur in dem man das Unerreichbare anstrebt, gelingt das Erreichbare."* Und ein Kollege aus Frankreich, der seinen Namen nicht genannt haben will, meint unterstreichend: *„Wer große Ausdauer hat, bleibt immer Sieger."* Ich sehe das auch so. Und was im Kalender steht, kannst du getrost nach Hause tragen.

Oh Mann! Ob ich Rosalinde jemals wieder in den Kokskeller kriege?

Wie zwei Menschlein das Doppelte Lottchen vom Lieberoser Spittel wurden und so was kommt von so was

Ein Sommertag geht zu Ende. Lieberose legt sich zur Ruhe. In der Abenddämmerung schwirren dicke Nachtfalter Richtung Straßenlaterne. Die steht zwischen Jeschkes und Sieczkas Haus an dem Platz, wo früher eine dicke Litfaßsäule für Plakate war, hinter der ich mich als Kind gern versteckte. Die Laterne beleuchtet die Straße und den Anfang des Weges, der zum Mühlenfließ und weiter über eine Holzbrücke zum Schulenburgschen Schloss führt. Die Straßenlaterne steht meinem Grundstück, der Mühlenstraße, direkt gegenüber, so dass ich von meinem Küchenfenster aus die ganze Nacht durch Jeschkes strahlend weißes Haus und den gelblichweißen Giebel des Sieczkaschen Hauses sehen kann. Sogar mein Vorgarten ist beleuchtet. Wenn ich den berühmten Lieberoser Sternenhimmel sehen will, dann muss ich durchs Haus, hin zu dem hinteren Garten gehen. Dort ist es, auch durch die vielen Bäume und besonders dadurch, dass dieser Garten förmlich zugewachsen, ja verwachsen ist und verwunschen zu sein scheint, wie Dornröschens Schloss, stockdunkel. Wenn ich also von dort in den Himmel schaue, sehe ich bei klarem Wetter einen Himmel, den ich so, ich schwöre es, noch nirgendwo gesehen habe. Die vielen, vielen Sterne sind so deutlich zu erkennen, wie die künstlichen am Himmelsgewölbe in einer Sternwarte. Ich kann mich an diesem Anblick immer wieder erfreuen wie in meinen Kindertagen. Das ist der berühmte Lieberoser Sternenhimmel. Die Nachtschwärmer, angezogen durch das taghelle, gelbliche Licht der Laterne, kreisen und flirren und jagen und surren. Manche von ihnen verglühen auch in so einer Liebessommernacht. So was kommt von so was. „Umschwirrn mich die Männer, wie Motten das Licht, lass' sie doch schwirr'n, mich stört es wirklich nicht", sang Marlene Dietrich einst. „Ich bin von Kopf bis Fuß auf Liebe eingestellt, ja das ist meine Welt und sonst gar nichts." Ich bin auf Schneckenstechen eingestellt. Ich gehe auf Schneckenjagd. Ausgerüstet mit einer Taschenlampe und einem Holzstab, an dessen unterem Ende ich den Metallteil eines Tapetenablösespachtels angebracht habe, geht es los. Das Monstrum, der Schneckenstecher, ist mein Patent. Er erlaubt mir, durch den Garten zu pirschen und ohne mich bücken zu müssen, Nacktschnecken zu stechen. Wie ein Massaikrieger im afrikanischen Busch trage ich mein bis über die Knie reichendes blaues Baumwollnachthemd, in der linken Hand die Taschenlampe, in der rechten den langen Stab mit dem todbringenden Metallspachtel, der wie das Fallbeil einer Guillotine funktioniert. Ich durchsuche jedes Eckchen meiner beiden Gärten nach den mir so verhassten spanischen Nacktschnecken und töte sie. Zack, zack. Sie sind hier eingeschleppt worden und entwickeln sich epidemisch, da sie keine natürlichen Feinde haben. Keiner meiner fleißigen Igel frisst sie. Nur die indischen Laufenten würden das tun, aber wer hat die schon. So schreite ich mordlustig, blutrünstig fällt ja aus, da meine Feinde nur aus Wasser zu bestehen scheinen, Nacht für Nacht durch die Dunkelheit und bringe hunderte dieser Geschöpfe Gottes heimtückisch um die Ecke. Hin und wieder hört man in der schwarzen Sommernacht einen müden Hund sich heiser bellen, manchmal jagen sich Katzen im Liebesrausch, wie die Motten an der Straßenlaterne, es geht immer nur um eins. Im Gegensatz zu den Motten schreien die Katzen wie am Spieß, man meint, kleine Kinder würden gequält. Das ist ein grausames nächtliches Schauspiel, sowohl das eine als auch das andere. Ein ganz furchtbares Spektakel unter der Rubrik WER WEN findet hier nächtlich statt. Die akustische Geräuschpalette wird durch meine Nachbarin Liesbeth Matschke, eine Katzennärrin, angereichert. Stundenlang ruft sie nach ihren Katzen. Entweder irrlichtert sie durch die Gegend oder hängt am Fenster wie Kassandra, die Ruferin in der Nacht „Susi, Susi, Susi, Susi", oder „koom Kille, koom", dann wieder „Kille, Kille, Kille", auch „Sissi, Sissi, Sissi, Sissi". Bei „Alterchen, Alterchen" kann es schon mal vorkommen, dass ich genervt, aber vorwiegend amüsiert „Ja ha" zurückrufe. Dann fliegt das Fenster zu und die Katzennärrin Liesbeth Matschke gibt eingeschnappt Ruhe. Sie ist vor Jahren mit einer Frau, die ich nicht genauer kannte, Frau Knöfler, einer Lehrerin im Ruhestand, die einmal meine Technisch-Zeichnen-Lehrerin war und der ehemaligen Schuhverkäuferin Inge Schötzigk in den Spittel gezogen. Der Spittel ist ein Fachwerkhaus, an dessen Vorderseite ein hölzernes Kruzifix hängt. Ein sehr schönes altes Haus ist das. Es wurde 1997 restauriert. Für mich ist es das schönste Haus von Lieberose. Eine Tafel, die neben der grünen Eingangstür unter dem Kruzifix angebracht ist, teilt mit, dass es 1775 erbaut wurde und überwiegend als Spital, deswegen „Spittel" genannt, genutzt worden war. Die Frau, die ich nicht kannte, ist schon gestorben und meine ehemalige Lehrerin ist in ein Altersheim gezogen. Mit den beiden Damen Inge Schötzigk und Liesbeth Matschke hingegen sind Marina und ich befreundet. Sie sind unser Doppeltes Lottchen vom Spittel. Wir besuchen einander, helfen uns aus, Liesbeth kümmert sich um die Straße, die ja auch während meiner oft langen Abwesenheit der Zuwendung bedarf, wir sind gute Nachbarn. Die beiden Damen sind für uns ohnehin ein Geschenk Gottes, aber sie sind auch aus dem Grund interessant für mich, da ihrer beider Lebensgeschichten mich geradezu zwingen, alles aufzuschreiben. Ich will über sie erzählen, wie ich schon so oft erzählt habe von völlig unbedeutenden, einfachen Leuten, wie mir selber. Solche Menschlein treiben mich um und an. Deren Lebenswege berühren mich mehr, als die von Michael Jackson oder Madonna, die mich überhaupt nicht interessieren. Sowohl Inge als auch Liesbeth waren nie verheiratet, sind kinderlos geblieben und Katzennärrinnen vor dem Herren. Sie werden beide im nächsten Jahr 80 Jahre alt. Sie sind das Doppelte Lottchen vom Spittel. Inge erblickte in Lieberose das Licht der Welt. Mutter Charlotte war eines von zwölf Kindern der Familie Lehmann und wuchs im Stockshof auf. Im Stockshof gibt es einen alten slawischen Burgwall, der auch das alte Schloss genannt wird. Tonscherben beweisen, dass diese Gegend vor uns von Slawen besiedelt worden war. Auch der ursprüngliche Name Luboraz, aus dem später Lieberose wurde, zeugt davon, dass eigentlich wir hier Ausländer sind. Das niederwendische Wort Luboraz weist nämlich auf den Rittersitz des Wendenfürsten Loborad hin, der zu Deutsch Gernlieb hieß. Inges Großvater war im Dienste des Grafen von der Schulenburg für die Nachzucht von Fasanen verantwortlich, die im gräflichen Schlosspark ausgesetzt wurden. Die Großmutter war mit der Aufzucht der zwölf Kinder beschäftigt und bot an Sonntagen im Sommer Spaziergängern frisch gebackene Plinze und Kaffee an. Stühle und Tische wurden vor der Försterei Lehmann unter die alten Schatten spendenden Buchen gestellt und lustwandelnde Lieberoser nahmen daran Platz, rasteten und verspachtelten die frischen Plinze mit Zucker und tranken dazu ihren Sonntagskaffee. Der Stockshof mit seinem herrlichen Mischwaldbestand und das Grüne Börnchen sind nicht nur sagenumwoben, sondern waren sehr beliebte Ausflugsziele. Meine Eltern und ich spazierten jedes Jahr zu Ostern, wie ganz viele andere Lieberoser, durch diesen Stockshof, hin zum Börnchen, Osterwasser holen. Entlang des Mühlenfließes, über Wiesen voller weißer Margeriten und brauner Kuckucksblumen, hin zum slawischen Burgwall, der von tausenden blauen Leberblümchen bewachsen war. Die Lehmanntöchter mussten an solchen Sonntagen beim Bedienen helfen. In der Woche arbeiteten sie im Schloss beim Grafen als Stubenmädchen, Reinigungskraft oder in der Küche. Inges Mutter erlernte den Beruf der Weißnäherin. Irgendwann begegnete ihr Karl Schötzigk. Der war in Sacrow geboren worden, in eben dem Sacrow, in welchem einst mein Urgroßvater begraben worden war und ich die Doppelhochzeit meiner beiden Cousinen miterleben durfte. Als Karls Eltern an einer Virusgrippe verstarben, wuchs er als Vollwaise bei den Kieschkes in Goyatz auf. In Lieberose erlernte er beim alten Schuster Müller das Schuhmacherhandwerk. Die Meisterin Müller, der Meister war im ersten Weltkrieg gefallen, redete Karl zu, die Schuhmacherwerkstatt und das Schuhgeschäft am Markt zu übernehmen. In Lieberose gab es zu der Zeit auch noch den Schuhmacher Richter, den ich noch kennenlernte. 1933 übernahm Karl mit seiner Frau, Inge war damals zwei Jahre alt, die Müllersche Werkstatt und das dazugehörige Geschäft. Inge sollte ihr einziges Kind bleiben. Behütet wuchs sie in Lieberose auf. Sie erinnert sich daran, dass ihr Vater ein Rassekaninchenzüchter und sogar im Züchterverein gewesen war. Er zog weiße Riesen auf, die Inge sehr gern hatte. Auf dem Heuboden war eine Katze mit der sie immer spielte, am liebsten aber ging Klein Inge in die Bäckergeschäfte. Bei Strobels gab's Mohrenköpfe mit Pudding gefüllt und mit Schokolade überzogen, diese Bisquittörtchen mit weißer Glasur und noch einer Haselnuss obendrauf und Viewegs hatten Doppelplätzchen, die mit roter Marmelade gefüllt und ebenfalls mit Schokolade überzogen waren. Die kriegte man für fünf Pfennig, fürn Sechser, wie man damals sagte. Die besten Knüppel hatte Bäcker Malaskewitz, bei Zeisbergs gabs zu Weihnachten Laugenbrezeln und Brot wurde bei allen Bäckern, aber sogar im Gander gebacken, dort, wo Jammasch wohnte, den alle Pillo nannten. Inge ging nicht gern mit in den Garten. Dort war aber ihre Mutter selig. Sie muttelte leidenschaftlich mit Gemüse und Blumen herum. Einmal hatte sich Inge zu Weihnachten einen Puppenherd, eine Jungs-Puppe und Zwillinge gewünscht, also Zwillingspuppen natürlich, keine lebendigen. Der Heilige Abend kam, es gab wie immer Kartoffelsalat und Würstchen. Nach dem Kirchbesuch in der Stadtkirche, sie brauchten ja nur über die Straße zu gehen, kam die Bescherung. Unterm Weihnachtsbaum der Puppenherd und die Zwillinge. Inge war selig. Die Jungs-Puppe gab's später zum Geburtstag. Sofort wurde der Herd ausprobiert. Inges Mutter goss Spiritus auf ein längliches Metallwännchen, zündete an und schob es in den Puppenherd. Sie verschüttete etwas von dem brennenden Spiritus auf den Wohnzimmerstuhl, der sofort in Flammen aufging. Mutter erschreckte sich und löschte das brennende Stuhlpolster mit ihrem Rock. Inge schrie: "Es brennt, es brennt". Vater kam hereingestürzt vom Plumpsklo und schrie ebenfalls: „Was ist denn hier los?" Mutter machte Zeichen zu Inge „Sei stille. Wie das auch passieren konnte, nee, nee, nee aber auch". Alles ging gut aus. Gott sei Dank. Nur stank die ganze Bude nach Qualm und das am Heiligen Abend. An einem Silvesterabend schoss Vater Karl den Vogel ab und das im wahrsten Sinne des Wortes. Man hatte Gäste eingeladen zur Silvesterfeier. Purtzens, Raues, Herr Rau war damals Postbote in Lieberose und Soppens. Es wurde gefeiert und gesüffelt und als sie beschwipst waren, hatten sie noch Appetit. Vater Schötzig, der gerne gab, rannte in die Küche und holte die Pfanne, die große Pfanne mit der gebratenen Gans, die es zu Neujahr geben sollte. Alle Gäste schnippelten an dem Festvogel, bis nichts mehr übrig war. Mutter Charlotte zog 'ne Flappe. Sie war Geschäftsfrau, auch wenn sie nicht im Dienst war. Ihr stank der Braten, das heißt, die Sache mit dem Braten stank ihr. Am nächsten Tag gab es Gerippe mit Kartoffeln und Soße. Mutter war immer noch stinksauer und sprach den ganzen Tag über kein einziges Wort mit ihrem Mann. Das Jahr fing gut an. Ostern 1937 sollte Inge eingeschult werden. Auch Liesbeth wurde Ostern 1937 eingeschult. Wie erging es ihr bis dahin? Liesbeth wurde in Schlesien geboren, wo heute Polen ist, in dem Dorf Deutschkessel. Mutter Anna war Hausfrau und kümmerte sich auch noch um die Kuh, die Ziege, die Puten, die Enten, die Hühner und die Karnickel. Die fünf Gänse musste Liesbeth immer hüten. Das tat sie gern. Mit „Piele, Piele, Piele, Piele" ging's durch Dorf und wenn die Jungs sie mit „Piele, Piele, Piele" nachmachten, dann folgten die Gänse ihnen. Liesbeth war traurig, aber die Jungs lachten nur. Ihr Vater Karl hatte in Grünberg, das heute Zielona Góra heißt, in der Firma Beuchelt & Co. gelernt. Diese Firma baute einst das berühmte Schiffshebewerk in Niederfinow. Liesbeth hatte schon damals neben ihrer übergroßen Zuneigung zu allem Getier ihre besondere Liebe für Katzen entdeckt. Den Schäferhund Harras mochte sie auch, aber am meisten hatten es ihr Katze Julchen und Kater Bolle angetan. Wenn andere ihre Puppe im Puppenwagen ausfuhren, fuhr Liesbeth ihre Lieblingskatze spazieren, bis zum Hals zugedeckt mit der Puppendecke. Keiner durfte in den Wagen sehen. Der Katze gefiel's. Vor Weihnachten geschah es, dass ihre richtige Puppe plötzlich verschwunden war. Das be-

merkte Liesbeth zwar, es löste aber nicht im Entferntesten das aus, was eintreten würde, wenn Harras oder die Katzen nicht mehr da gewesen wären. Mutter Anna hatte die Puppe entwendet, um sie heimlich neu einzukleiden für Weihnachten als Geschenk. Das war Liesbeth schnuppe. Sie wünschte sich zu Weihnachten, dass Harras und die beiden Katzen mit in die gute Stube dürfen am Heiligen Abend. So war es dann auch. Nach schlesischen Mohnpielchen ging's in die Kirche und danach zur Bescherung nach Hause. Liesbeth streichelte ihre Tiere und bedankte sich bei Mutter Anna für die neu eingekleidete Puppe. Aber eigentlich war ihr schönstes Geschenk, dass Harras und die Katzen mit ihr und den anderen im Warmen sein durften, wie einst bei der heiligen Familie Ochs und Schaf. Liesbeth war selig. Die Zeit verflog. Ostern 1937. Liesbeth wurde eingeschult, wie Inge in Lieberose eingeschult wurde. Beide im gleichen Jahr, zu Ostern 1937. Der Führer, wie beide damals sagten, sie hatten es in der Schule so gelernt, der Schickelgruber-Hitler, bescherte ihnen beiden einen großen Krieg, der fast sieben Jahre dauern sollte. Beide, Inge und Liesbeth, lernten ihren ersten Ausländer kennen und das war so. Bei Liesbeths Oma war eines Tages ein Russe auf dem Hof. Der kam aber nicht wie das Tapfere Schneiderlein als Wandergeselle daher, das war ein Zwangsarbeiter, also ein Gefangener, der unter Polizeibewachung stand. Nach Hause fahren durfte er jedenfalls nicht und gefragt worden war er mit Sicherheit auch nicht, ob er das wollte, was er jetzt musste. Er hieß Nikolai, wurde Koje gerufen und war vielleicht zwanzig Jahre jung. Er aß mit allen Familienangehörigen gemeinsam am Tisch. Als Kontrolle kam, sollte er des Tisches verwiesen werden, zumal er den Hausherrenplatz eingenommen hatte, was in dem Augenblick reiner Zufall war. Liesbeth's Oma wurde scharf im Ton und sagte: „Ob verboten oder nich', es ist so und es bleibt so", egal was der Kontrollkerl da gakte. Und es blieb so bis zum Kriegsende. Natürlich hatte auch Inge ihren Zwangsarbeiter, das heißt, ihr Vater hatte eine Hilfskraft, die zwangsverpflichtet war, wie Koje bei Liesbeths Oma. Das war ein Pole. Er hieß Eduard, kam aus der polnischen Hauptstadt Warschau, war ungefähr dreißig Jahre alt und sehr stolz. Er sprach kaum deutsch. Auch er saß beim gemeinsamen Essen mit am Tisch, obwohl es verboten war. Zu Weihnachten hatte Mutter Charlotte Unterwäsche für ihn gekauft, sie schön eingewickelt und einen bunten

Teller drauf gestellt. Klein Inge brachte das Weihnachtsgeschenk zu Eduard, der in einer Kammer hauste. Er hatte sich sehr fein gemacht. Für ihn als gläubigem Katholiken, war der Heilige Abend ein ganz besonders großes Fest. Er nahm das Geschenk und schmiss es tief gekränkt auf den Boden. Im nächsten Jahr saß Eduard, der Pole aus Warschau, wie Liesbeths Lieblingstiere mit allen anderen zusammen in der gleichen warmen Stube und feierte die Geburt, die so oder so ähnlich, im Stall zu Bethlehem stattgefunden haben soll. Es ging also. Eduard küsste allen weiblichen Personen die Hand. Das machte man so in Polen. Für Inge war es einmalig. So etwas hatte sie noch nicht erlebt. Lydia, eine sogenannte Volksdeutsche aus Galizien, war bei Schötzigks angestellt, sie wohnte in Trebitz und sprach polnisch. Oft ärgerte sie Eduard damit, dass er, obwohl er aus Warschau stammte, alles mit dem Löffel aß. Sie zog ihn immer wieder damit auf. Eduard übte das Essen mit Messer und Gabel und beherrschte es bald vorzüglich. Und dann eines Tages kam´s. Lydia legte einen Löffel direkt neben Eduards Besteck. Eingeschnappt und beleidigt verließ er den Tisch. Er war eben ein ganz ein Stolzer. Später ging er mit einer Ärztin, die im Lazarett arbeitete, das man im Schloss eingerichtet hatte. Sie soll eine von den Wlassowleuten gewesen sein, die mit den Deutschen kollaborierten. Das Schloss war in dieser Zeit herrenlos, denn der alte Graf war während des Krieges 80-jährig gestorben. Schulenburg junior hatte sich mit seinen vier Töchtern endgültig nach Schweden abgesetzt, bevor die Russen kamen. Dort hatte er schon einige Zeit vor dem Krieg als Forstattaché gearbeitet. In der Schule musste Inge lernen, dass der Jude schuld ist an allem Übel. Lehrer Lillack, einer der strammsten Lieberoser Nazis, schleuderte in der Schule und in Zeitungsartikeln die schlimmsten Hasstiraden gegen die Juden von sich. Die kleine Alice Hirsch, sie wurde 1930 eingeschult, fragte ihn mal im Unterricht, sie war Jüdin, warum er glaube, dass Deutsche anderes Blut hätten als Juden.

Sie hätte sich mal geschnitten und ihr Blut wäre genau so rot gewesen, wie das Blut anderer Menschen. Das Gleiche sagt sinngemäß der Jude Scheilock in dem berühmten Shakespeare-Drama „Der Kaufmann von Venedig", in welchem ich vor wenigen Jahren am Cottbuser Staatstheater mitspielte. Ich gab einen venezianischen Kaufmann, der zusammen mit einem anderen Kaufmann den Juden Scheilock auf offener Straße anpöbelt und provoziert, beschimpft und verunglimpft, aufs Blut reizt, bis dieser ihm seine berühmte Rede vom Blut als Antwort entgegen hält. Wie Scheilock erfuhr Alice kein Mitleid, nur Hohn. Dieses kleine Menschlein war nicht die Alice im Wunderland. Mitschülern war es verboten, mit ihr oder der kleinen Harriet Fuchs, die auch Jüdin war, zu sprechen und so standen diese kleinen unschuldigen Mädchen, deren einziges Verbrechen es war, jüdisch zu sein, auf dem Schulhof, der später auch mein Schulhof war, allein, mit gesenktem Kopf. Ich kann es nicht begreifen, dass so etwas in Lieberose geschah, auf meinem Schulhof, in meiner Schule geschehen konnte, ohne dass irgendjemand einschritt. Die kleine Inge Schötzigk ging am 9. November 1938, auf den Lieberoser Markt, in dessen Nähe sie ja wohnte. In Berlin war 1933 der Reichstag angeblich von dem homosexuellen, kommunistischen Holländer van der Lubbe angezündet worden. Heute wissen wir, dass das eine Inszenierung der Nazis war, um Volkszorn gegen Kommunisten zu schüren. Ein übler Trick, der aber immer wieder gern genommen wird, ob in Gleiwitz, um den Überfall auf Polen zu rechtfertigen oder in New York, als Vorwand für den Irakkrieg. Die Progromnacht ging als sogenannte Reichskristallnacht in die Geschichte ein und sie war der Beginn der Jagd auf Juden. Auch in Lieberose, meinem Lieberose. Von der kleinen jüdischen Gemeinde der Stadt lebten in der Zeit nur noch Margarete Jaape und die Familien Fuchs und Hirsch. Beide

Familien waren Besitzer von Textilgeschäften am Markt. Margarete Jaape war mit einem „arischen" Justizinspektor, der am Amtsgericht Lieberose tätig war, verheiratet. Sie lebten schon seit 1912 in der Stadt. Nach dem Tod ihres Mannes war Frau Jaape umfangreicher Hetze und Verfolgung unter der Führung des damaligen Bürgermeisters Steinhauer ausgesetzt. Er erstattete Anzeigen bei Behörden. Sechsmal wurde Frau Jaape von der Gestapo in Frankfurt (Oder) vorgeladen und vernommen.
Am 9. November 1938, am Tage nach der Pogromnacht, ging also die kleine Inge auf den Markt, sie hatte schulfrei.
Schon früh morgens war die Stadt braun von SA-Männern, die Pflastersteine in Schaufenster der Geschäfte Hirsch und Fuchs warfen. Die Steine lagen auf den guten Winterstoffen, erinnert sich eine Mitschülerin von Inge, Annemarie Gottschald. Als Jungs mit Stöckern durch die runden Lüftungsöffnungen an den Schaufenstern der Stoffhandlung Hirsch, wo heute ein Getränkestützpunkt sein Dasein fristet, stocherten und die Auslagen zu zerstören versuchten, sagte die kleine Inge: „Hört auf, das macht man doch nicht." Die Jungs antworteten ihr, dass sie das dürften. Das hätte ihnen Lehrer Lillack gesagt. Sowohl Annemaries als auch Inges Eltern hatten strengstens verboten, an dem Tag in die Nähe der Geschäfte der Familien Hirsch und Fuchs zu gehen und nun, da sie es doch getan hatten, untersagt, irgendetwas darüber zu erzählen. Die Hirschs, die in Lieberose sehr beliebt waren, wie Karl Müller einmal berichtete, hatten es nach der Machtergreifung der Nazis schwer in Lieberose. Herrn Hirsch hatte man in ein KZ verschleppt. Nach seiner Wiederkehr war er ein gebrochener Mann und krank und starb schließlich kurz darauf am 20. August 1938 im jüdischen Krankenhaus in Berlin. Seine Frau Elisabeth musste im Zuge der „Arisierung" das große Textilgeschäft am Markt verkaufen. Der Kaufpreis wurde immer wieder gedrückt. Das Geld kam schließlich auf ein Sperrkonto der Commerzbank Cottbus, die heute meine Bank des Vertrauens ist. Die an Herzschwäche und Neurasthenie leidende Frau war ständigen Verfolgungen ausgesetzt. Ihre Tochter Alice konnte am 17. April 1939 16-jährig nach Palästina fliehen. Das Geld dafür musste

sich ihre Mutter borgen. Frau Elisabeth Hirsch wird mit Insassen des Frankfurter Altersheimes schließlich in das Warschauer Ghetto deportiert, wo 111 Frankfurter Juden verstorben sind. Ihr weiteres Schicksal ist unbekannt geblieben. Zu dieser Zeit brüstet sich Lehrer Lillack in einem Zeitungsartikel, dass Lieberose nach 150 Jahren endlich wieder „judenfrei" sei und die „Abschiebung" des „in Lieberose nach dem Kriege hängen gebliebenen polnischen Juden" Moses Fuchs als eine gute Tat der Lieberoser anzusehen ist. Der Kaufmann Moses Fuchs, der seit 1919 ortsansässig war, wurde bereits am 15. April 1935 von zwei Lieberoser SA-Männern mitten in der Nacht aus dem Bett gezerrt, eingesperrt und da er Pole war, nach Polen abgeschoben. Seine Frau begleitete ihn bis zur Grenze aus Angst, dass man ihn erschießen könnte. Sie, die „Arierin" wurde verhaftet und ein halbes Jahr später freigesprochen. Als sie wieder in Lieberose ankam, fand sie ihr Geschäft völlig ausgeplündert vor. Um weiteren Verfolgungen zu entgehen, floh der Rest der Familie dann nach Polen. So war das damals in Lieberose, in Deutschland. Das konnte nicht gut gehen. Das durfte nicht weitergehen so. Das musste endlich ein Ende haben. Und es hatte endlich ein Ende. Der Wahnsinn war im Frühjahr 1945 vorbei, endlich! Die Russen rückten vor und bombardierten Lieberose. Der Rittersaal des Schlosses und die Stadtkirche wurden von jeweils nur einer einzigen Bombe getroffen, die die Dächer nur teilweise zerschlugen. Inge erinnert sich, dass 1944 rings um die Stadtkirche Militärautos mit Munition standen. Russische Tiefflieger griffen an und feuerten auf sie. Die Fahrer krochen unter ihre Wagen. Sie wurden nicht getroffen, Gott sei Dank. Aber Herr Adam, der damals Frisör war und aus dem gleichen Fenster sah, aus welchem ich später als kleiner Junge guckte, als mich Frisör Stimpel frisierte, wurde an der Schläfe getroffen, und war sofort tot, wie es hieß. Der Frisör Adam war der erste Lieberoser Kriegstote. Inge schaute aus dem

Küchenfenster und schmiss sich geistesgegenwärtig auf den Boden, als die Russen zu schießen begannen. Das war ihr Glück, sie wurde nicht getroffen. In ihren Rücken fiel lediglich die Scheibe des Küchenfensters, die in tausend Stücke zersplittert war. Einige Zeit später sah Inge einen Zug Russen durch Lieberose marschieren. Vom Gander kamen sie an ihrem Haus vorbei. Schreckliche Gestalten fand Inge, alles Mongolen. Herr Metzner, der Stadtschreier, hatte das vorher angekündigt. Er war mit seiner Glocke durch Lieberose gelaufen und habe die Bürger aufgefordert, in ihren Häusern zu bleiben, es zögen Russen durch. Inge erlebte diesen Zug der Russen hinter der Gardine des Küchenfensters. Zu gleicher Zeit war auch für Liesbeth das Tausendjährige Reich zu Ende gegangen. Sie hatte in der Schule das Gleiche gelernt wie Inge, über die Russen, über die Polen und über die Juden, die Sozis und schlimmer noch, die Kommunisten. Die Russen bewegten sich unaufhaltsam in Richtung Berlin. Sie hatten nur ein Ziel, die Zerschlagung des Faschismus, Rache für die Gräuel und Schmach, die Deutsche über sie gebracht hatten in so vielen verfluchten Jahren. Sie wollten Rache für eine Million, während der Blockade verhungerter Leningrader, Rache für Millionen auf dem Territorium der Sowjetunion unschuldig ermordeter Menschen, Rache für die auf den Schlachtfeldern und in den Konzentrationslagern umgebrachten Landsleute. Die Russen hatten 27 Millionen Opfer zu beklagen nach diesem Krieg, 27 Millionen Menschen. Sie trugen die Hauptlast. Als Liesbeths Mutter in Deutschkessel von den Russen eines Tages zum Brückenbau abkommandiert wurde, hatte Koje, der Russe, zu ihr gesagt, dass sie das nicht brauche, sie solle bei ihrer Tochter Liesbeth bleiben und für sie sorgen. Dann ließ er sich ein großes Blatt Papier geben und schrieb in russischer Sprache etwas darauf, was ihnen bald größeres Leid ersparen sollte, vielleicht sogar den Tod. Als die Russen in ihr Haus einfielen, Koje war schon auf dem Weg in seine Heimat, sie hatten Schübe von Schränken herausgerissen, auf der Suche nach Wertvollem, holte Mutter Matscke den Zettel raus, den Koje geschrieben hatte. Sie hielt ihn einem Offizier hin. Der las den Text und sagte nur: „paschol", und alle Russen waren im Augenblick verschwunden. Liesbeths Mutter hat die Geschichte von Koje später immer wieder erzählt, so beeindruckt war sie von der Freundlichkeit dieses Feindes, von Koje, dem Russen. So was kommt von so was. Liesbeths Vater, ihre Mutter und sie gingen auf den Treck. Harras war von den Russen mit einer Mistgabel erstochen worden, als er auf sie losging. Stücke Bett, Wäsche, etwas Hartgeld, eingewecktes Fleisch und Honig nahmen ihnen die Polen ab. Eine Frau, die Liesbeth sah, erleichterten sie um ihre goldene Uhr. Die Frau hatte sie in ihrem Haardutt versteckt. Liesbeths Vater schob einen Karudel auf zwei Rädern, ihre Mutter und sie zogen den Handwagen. Gestern hatten sie noch ihren Leiterwagen, mit dem sie im Frieden Heu einfuhren, von zwei Kühen gezogen. Eine Kuh hatten sie sich von Oma geborgt. Die ließen sie zurück, weil es an Futter fehlte. Die andere hieß Hummel, die gehörte ihnen. Sie hatte sich bald durchgelaufen. Vater Karl zog ihr einen Menschenschuh an und weiter ging's bis zur Neiße. Dort nahmen sich Polen der Kuh an. Liesbeth hatte sie gedrückt und wie verrückt geheult und Vater Karl musste Liesbeths Ärmchen, mit denen sie den Kuhhals umschlag, mit Gewalt von Hummel losreißen. Liesbeth war verzweifelt. So zogen die Matschkes ohne Hummel weiter gen Westen ins Ungewisse. Eine Sense, ein Spaten, eine Harke, eine Säge, ein Beil und paar Stricke waren der ganze Rest ihrer Habe. Bei Staakow wurden welche im Winter gestoppt und über andere Dörfer umgeleitet. Vermutlich verscharrte die SS die 577 Leichen der gerade umgebrachten jüdischen Häftlinge in der Kiesgrube, mutmaßten die Flüchtlinge, nachdem sie später die Daten genau abglichen. Im Spätsommer 1945 übernachtete Liesbeth zusammen mit etwa dreißig Mitflüchtlingen in einer Baracke in Jamlitz. Sie befanden sich an genau jenem Ort, an welchem Häftlinge des Nebenlagers von Sachsenhausen gequält und ermordet worden waren. Liesbeth und die anderen Flüchtlinge wussten damals nichts von alldem. Sie wollten nach Hause. Das konnten sie aber nicht mehr. Das war vorbei. Die Heimat war verspielt. So was kommt von so was. Liesbeth war vierzehn Jahre alt. In den letzten Kriegstagen, Ende April 1945, man wusste ja nicht, wie lange der Irrsinn noch dauern würde, stand Inge in Lieberose bei Liebigs „Gasthaus Zur Eiche" im Hof nach Kinokarten an. In dem Haus, in dem sich heute der Schleckerladen befindet, war damals das Parteilokal der NSDAP, Saalbetrieb mit Vereinszimmer und da gabs auch Kino. Gefangene mit gestriften Uniformen wurden vorbei getrieben. Ein Häftling stürzte sich auf die Schwengelpumpe, die in Liebigs Hof stand, um etwas zu trinken. Er wurde von einem SS-

Mann mit dem Gewehrkolben zusammengeschlagen. Inge hatte so etwas noch nie gesehen, so rohe Gewalt gegen einen Menschen, auf offener Straße. Solche Kolonnen hatte einst schon Herr Hinz in der Cottbuser Straße vom Fenster aus fotografiert. Die Fotos kann man noch heute betrachten. Auch Tante König erzählte mir von diesen Kolonnen. Sie hatte vor allem das Geklapper der vielen Holzpantinen in Erinnerung. Nun gingen auch Inge und ihre Eltern auf die Flucht. Nach Umwegen landeten sie schließlich in Behlow bei den Gorrans, wo auch Tante Rau untergekommen war, die einst mit den anderen Gästen an der Neujahrsgans geschnippelt hatte. Gorrans schlachteten an die zwanzig Jungtauben, damit nicht die Russen sie kriegten. Und schon waren sie da, die Russen. Die Mädels versteckten sich, aus Angst, vergewaltigt zu werden. Frau Rau bot den Russen geistesgegenwärtig die gebratenen Tauben an. Das Ablenkungsmanöver gelang. Die Russen spachtelten die Delikatesse in sich hinein und zogen gesättigt von dannen. Die Nochmaldavongekommenen krochen aus ihren Verstecken und sahen in die leere Pfanne. Ein einziges Tierchen war übrig, winzig wie ein Spatz. Dieses wurde geteilt und man rieb die Pfanne mit Brotresten blank. So war das damals.

Nun waren Inge und Liesbeth, das Doppelte Lottchen, am Ende ihrer Flucht vor den Russen beide in Lieberose, ohne sich zu kennen. Beide im gleichen Jahr geboren, beider Väter hießen Karl, beide im gleichen Jahr eingeschult und von Nazi-Lehrern erzogen, beide mit Erfahrungen, was Fremdarbeiter betrifft, ausgestattet, beide gut behütet aufgewachsen, erlebten nun den Zusammenbruch, das Ende des Reiches, das einmal das Tausendjährige genannt worden war. Die Russen hatten dem Spuk ein Ende gesetzt. Jetzt kam die Abrechnung, auch für Lieberose. Wer etwas anderes erwartet hatte, wurde, aus nur zu begreiflichen Gründen, enttäuscht. Die Russen nahmen Rache. So was kommt von so was. Wer frei von Schuld ist, werfe den ersten Stein. Auf dem Lindenhof trafen Schötzigks eine Frau. Sie hatte geklaute Garne aus der Schusterei ihres Vaters im Korb. Herr Schötzigk erkannte seine Garnrollen und nahm sie der Frau wieder ab. Als sie nach Hause kamen, war ihr Laden leergeräumt. Die Lieberoser plünderten den Schulenburgschen Besitz. Vom zerstörten Rittersaal und der Stadtkirche wurden Steine weggeschleppt, um damit Schäden an den eigenen Häusern zu beseitigen oder neu zu bauen. Überall lagen tote Pferde von den Trecks auf den Straßen. Es gab Bombentrichter. Jeder Winkel war mit Flüchtlingen vollgestopft, Matschkes kamen bei Härchens unter. Es wurde geplündert und es wurde vergewaltigt, es wurde fraternisiert, wie Yvette in „Mutter Courage" singt. Lehrer Lillack hatte sich aus berechtigter Angst vor den Russen mit Frau und Kind im Mochowsee in Lamsfeld ersäuft. Bürgermeister Steinhauer erhängte sich am 4. Mai 1945 auf dem Lieberoser Friedhof am Grabe seiner Frau, die schon am 22. Februar des gleichen Jahres Selbstmord begangen hatte, sie wussten wohl warum. Der alte Doktor Knemeyer hatte sich auch mit seiner Frau ins Jenseits befördert. Sohn Peter soll nie darüber hinweg gekommen sein, als er aus dem Krieg zurück gekommen war und dieser schrecklichen Tatsache ins Auge sehen musste. Überall Unglück, bei den Guten und bei den Bösen. Tod, Hunger, Krankheiten, Angst, Not, Verzweiflung, Hoffnungslosigkeit, Trauer, Hass, Scham, Armut, Demut, überall, unter jedem Dach ein Ach. So was kommt von so was. Krieg ist das Schrecklichste, was Menschen geschehen kann. Angefangen von Deutschen, in die Welt getragen von Deutschen, war der Krieg zurück gekehrt nach Deutschland, nach Lieberose. In Jeschkes Haus wurde die sowjetische Kommandantur eingerichtet. Im Keller saßen jetzt Deutsche von der GPU verhaftet und befragt nach ihrem Anteil an dem Schlamassel. Denunziationen waren an der Tagesordnung und führten in das Lager Jamlitz. Inges Vater brauchte nicht dort hin. Er war Mitglied der NSDAP ohne besondere Funktionen. Er musste mit anderen Lieberosern in der Cottbuser Straße Bombentrichter zuschippen und Pferdekadaver beseitigen. Der erste Mai wurde schon wieder gefeiert, wie jedes Jahr, als wäre nichts passiert. Das kam Inge spanisch vor. Das Allerschlimmste aber war überstanden, man lebte, war noch mal davongekommen. Man arrangierte sich mit den Russen, mal mehr, mal weniger, Normalität kehrte langsam zurück, der Krieg war aus, das Leben ging weiter. Was würde es wohl für Inge und Liesbeth bereithalten, das neue Leben? Beide hatten, durch den Krieg bedingt, keinen Beruf, nur die achte Klasse der Volksschule abgeschlossen. Inge lernte in Cottbus Schäftemacher, übernahm später das Schuhgeschäft als Konsumverkäuferin und machte auf der Volkshochschule den Facharbeiter. Sie führte das Schuhgeschäft bis zu ihrem 60. Geburtstag. Dann ging sie in Rente. Das Schuhhaus gibt es noch heute. Liesbeth arbeitete als Sprechstundenhilfe bei der Zahnärztin Frau Dr. Liebig, in der Schlossgärtnerei und im Kartoffelhandel in Beeskow. Dorthin fuhr sie, bis zu ihrer Berentung, mit dem Bus. Auf einer der vielen Fahrten traf sie den legendären Osramkopp Kunipatz und den Busfahrer Fellenberg. Als sie mir einmal davon erzählte, wusste ich sofort, dass diese Namen irgendwann einmal in einer meiner Geschichten auftauchen würden. Liesbeth und Inge, das Doppelte Lottchen vom Lieberoser Spittel, sind miteinander bekannt gewesen, wie wir bekannt waren mit ihnen. So richtig kennen und schätzen gelernt haben wir uns erst, seit dem wir Nachbarn geworden sind. Die beiden Hausnummern der Mühlenstraße sind verbandelt, besser als manche Verwandte.

Es war etwa in der Mitte meines Urlaubs, noch vor der Fahrt nach Buchenwald. Marina war schon einige Tage in Lieberose. Wir beschlossen, meine Mutter mit ihrem Lebensgefährten und das Doppelte Lottchen, Liesbeth und Inge, zum Grillen einzuladen. Wir bereiteten alles vor. Es war warm draußen, der Grill rauchte. Herrlichste Düfte entstiegen ihm, der Tisch war liebevoll gedeckt, es fehlte an nichts. Wir feierten unsere Freundschaft auf würdige Weise. Einmal im Jahr, immer im Urlaub, setzen wir uns zueinander und vergleichen unsere Ansichten, reden über unsere verschiedenen Lebenswege und stellen Unterschiede, aber immer wieder auch Ähnlichkeiten in unseren Lebensläufen fest, wie es beim Doppelten Lottchen vom Lieberoser Spittel in ganz besonderem Maße der Fall ist.

Nachsatz.
Damit es bewahrt wird, füge ich an dieser Stelle gleichsam als Nachsatz das Sonett an, welches ein Durchreisender schrieb, als er ganz kurz in Lieberose verweilte. Er befand sich im September 1936, mit seinem Kraftwagen, wie es heißt, auf einer Fahrt, die ihn von Ostpreußen über Leipzig nach Süddeutschland führte. Wenige Tage nach seiner kurzen Rast in meinem Lieberose sandte der Dichter, der bescheiden seinen Namen nicht offenbaren wollte, nachstehendes Sonett.

Lieberose
Du bist sofern von allen. Niemand würde
sich wundern, wärst Du eine Namenlose,
Du kleine, stille Stadt. Doch Lieberose
heißt Deines alten schönen Namens Bürde,
die leicht Dich drückt. Wie eine dichte Hürde
umgibt Vergessen Dich. Allein die Pose,
die steinerne, die doch so leicht und lose
der edlen Herrn und Frauen, die voll Würde
in Deinem Kirchlein knien, sie hebt mit Macht
Dich aus des Alltags nüchternem Beginnen
und gibt Dir eine eigene stille Pracht.
Der Wandrer, der Dich unversehns entdeckt,
er steht erstaunt, entzückt, ja fast erschreckt,
und wie ein Kleinod trägt er Dich von hinnen.

Mario, der Zauberer

Im Kalender steht: *„Wir werden nicht geliebt, weil wir so gut sind, sondern, weil diejenigen, die uns lieben, gut sind."* - Lew Tolstoi

Heute ist Sonnabend. Suse, eine Kollegin, rief mich an.
Kurz davor erhielt ich eine SMS. Ich hasse dieses Medium, weil ich es nicht beherrsche. Davor rief auch noch Rolf an, ein Kollege. Wir sind zwanzig Jahre gemeinsam auf der Cottbuser Bühne. Wir hatten gute und schlechte Zeiten. Suse kenne ich seit „Schustersfrau", einer Inszenierung von Alejandro Quintana. Wir waren gut. Die Zuschauer blieben weitgehend aus. Suse grinste an einer bestimmten Stelle mitten in einer unserer Szenen und zuckte so mit dem Kopf, sie nickte etwas ab. Ich war tief beleidigt, eigentlich bin ich es noch heute. Ich spielte männlich, und sie grinste wissend und nickte ab. Suse rief mich an und fragte, wie ich mich kurz vor meiner Knieoperation so befinde. Rolf wollte auch wissen, wie es mir geht. Amadeus, der die SMS schickte, hat mich am meisten überrascht. Er ist ein neuer Schauspieler in unserem Ensemble, feingliedrig, egozentrisch, begabt, ein Außergewöhnlicher, ein Guter. Er schrieb mir, was Brecht mal der Reichel schrieb, ich würde fehlen. Das hat mir gut getan. Er ist ein toller Mann. Vielleicht ist er ein bisschen zu dünn und zu kompliziert. Aber wer ist schon komplizierter als ich? Seit langem interessiert mich wieder mal ein Kollege besonders. Also, Bernd Stichler ist auch so einer, keine Frage. Der muss nichts mehr beweisen. Der hat's einfach. Ich habe ihn als Cyrano erlebt, ich war Christian, seine damalige Partnerin Elvira war die Roxane. Schwamm drüber... Das war in den 70er Jahren des vorherigen Jahrhunderts im Zittauer Theater.
Seit er hier in Cottbus ist, wo er mal anfing als Kulissenschieber, ist das Theater reicher. Ich meine das wirklich so, wie ich es sage. Ich habe viele gute Kollegen, begabte, manche sind noch dazu liebenswürdig, aber Leute wie Bernd Stichler, oder eben dieser schöne Amadeus machen das Cottbuser Theater, machen auch mein Leben reicher.
Ich sehe ihnen zu bei ihrer Arbeit und bin neidlos glücklich. Da ist nicht nur Begabung, da ist Erfahrung, Handwerk, Reife, einfach Güte.

Solche Kollegen zwingen mich, was zu zeigen. Sie setzen Maßstab. Sie reißen mich hoch. Schnullifax kann ich mir sparen. So geht es mir auch mit Suse und Thomas im „Hauptmann von Köpenick". Durch Kupke ist eine Qualität erforderlich, die jeden Abend zwingt. Es ist eine Freude mit ihnen allen, allabendlich in den Ring gehen zu dürfen. Einer stachelt den anderen zu noch besserer Leistung an. Das macht einen Heidenspaß. Das ist eine schöne Lebenszeit für mich, denke ich dann immer wieder. Ob ich in die „Trilogie der Träume" gehe, zum „Hauptmann", zu „Ladies Night" oder zu meinem „Danton", ich gehe zu einem Geliebten. Ich habe immer gern Theater gespielt. Es gab viele schöne Situationen in meiner Laufbahn, großartige Kollegen und Regisseure. Die anderen mal ausgespart, die waren ja aber auch wichtig, um mitzukriegen, wie toll die Guten sind, oder, wie Brecht es einmal formulierte, zu sehen, wie man's nicht macht. Es ging, wie immer im Leben, rauf und runter mit mir. Über den Zaun, so richtig über den Zaun habe ich selten geguckt. Aber ich habe drüber geguckt, manchmal. Es gab Zeiten, in denen es so war, dass Proben, die Arbeit, leicht waren wie Flug. Man freute sich auf jede einzelne Probe. Das Wort Arbeit war eigentlich nicht verwendbar, weil es ja irgendwie doch nach Schwere, nach Anstrengung klingt. Solche Glückszeiten hatten immer auch mit der Begegnung mit Zauberern zu tun, mit Menschenfängern. Da waren Persönlichkeiten, die mich hochrissen, mir guttaten, mich leicht machten, mich zum Fliegen brachten. So ein Menschenfänger war Quintana, so ein Zauberer ist Mario, Mario, der Zauberer. Seit er hier ist und mit uns arbeitet, ist wieder Freundlichkeit eingekehrt, wie einst mit Alejandro. Selbst wenn ihre Inszenierungen keine Erfolge wären, aber das sind sie, muss man diesen Zauberern mit Freundlichkeit danken. Es ist nicht jedem vergönnt, freundlich zu sein. Manch Erfolg war das Ergebnis bitterer Wochen, grauenvoller Proben. Auch das gab es immer wieder. Der Zweck heiligt die Mittel? Naja... Aber wie viele Schauspieler und Regisseure sind kaputtgegangen, kaputtgemacht worden! Ich selber war ganz unten nach Leuten wie Peter Schroth. Ich hatte nochmal Glück, ich bin stärker als der Stier, wie Brecht einmal sagte, ich habe mich, wie Gras, wieder aufgerichtet. Dabei halfen mir Menschen wie Suse, Jutta und Hotta, Alejandro und wie Mario, Mario, der Zauberer. Seine Leistung ist, neben der künstlerischen, unbestreitbar, vor allem seine Freundlichkeit und diese Offenheit. Selten gab ein Regisseur so unverhohlen zu, Angst zu haben, ratlos zu sein oder verzweifelt. Das verbindet mich mit ihm auf besondere Weise. Ich hatte und habe immer Angst, zu versagen, nicht zu genügen, mich zu blamieren. Mario, der Zauberer, hat trotz der Bürde seines Amtes Zärtlichkeit bewahrt, Behutsamkeit. Er geht mit uns in einer Weise um, die leicht macht, fröhlich. Danke, Mario, du Zauberer. Ich wünsche uns eine gute Lebenszeit. Ich habe schon wieder mal Angst. Diesmal habe ich nicht Angst, dass ich mich blamieren könnte, sondern vor der Knieoperation am Donnerstag. Das wird schon gut gehen. Bis bald, mein Zauberer, Dein Friedrich Kellermann, Dein Martin Deutschkron, Dein Geist der Gegenwart, Graham Danton.

Sprichwort:
"Wir sind alle Engel mit nur einem Flügel.
Wir können nur fliegen, wenn wir uns umarmen."

Michael Becker
wurde 1951 in Lieberose - Niederlausitz geboren
absolvierte die Theaterhochschule „Hans Otto" in Leipzig
war als Schauspieler in Görlitz, Zittau, Bautzen engagiert
ist seit 1985 Mitglied des Schauspielensembles am
Staatstheater Cottbus

Ines Arnemann
wurde 1957 in Bleicherode - am Harz geboren
absolvierte die Hochschule für Grafik und Buchkunst in Leipzig
ist seit 1983 als Maler, Grafiker, Illustrator und Werbegrafiker tätig,
lebt in Berlin

www.beckergeschichten.de

Printed in Germany

1. Auflage 2010

Alle Rechte vorbehalten:
Michael Becker (Text)
Ines Arnemann (Buchgestaltung und Illustration)

Cottbus & Berlin, 2010

Druck: Druckzone GmbH & Co KG, Cottbus

ISBN Nummer: 978-3-00-032002-6